CW00486172

Ricarda Huch

Das Judengrab aus Bimbos Seelenwanderungen

Ricarda Huch

Das Judengrab aus Bimbos Seelenwanderungen

1. Auflage | ISBN: 978-3-75237-951-8

Erscheinungsort: Frankfurt am Main, Deutschland

Erscheinungsjahr: 2020

Outlook Verlag GmbH, Deutschland.

Reproduktion des Originals.

Das Judengrab
Aus Bimbos Seelenwanderungen

von

R i c a r d a   H u c h

Das Judengrab

In Jeddam gab es nur einen einzigen Juden, der auf folgende Weise dorthin verschlagen war: Seine Frau, mit der ihn treueste Liebe verband, war aus Jeddam gebürtig, und als ihr Vater mit Hinterlassung bedeutender Ländereien starb, war es wünschenswert, daß sie sich zur Regelung ihrer Erbschaft selbst hinbegebe. Mit der Möglichkeit, das Vaterhaus wiederzusehen, erwachte in ihr das Heimweh, und die Familie, die aus Vater, Mutter und zwei kaum erwachsenen Kindern bestand, trat die weite Reise an. Da nun der Ort Jeddam, mit mehr dörflichem als städtischem Charakter, so trotzig und anmutig zwischen mäßig hohen Bergen, reichen Saatfeldern und grünen Geländen lag, die das Flüßchen Melk bewässerte, und da die Frau sich in ihrer vertrauten Kinderheimat so wohl fühlte, willigte der gutmütige Mann ein, ganz und gar überzusiedeln. Er konnte freilich nicht daran denken, das große Gut seiner Frau selbst zu bewirtschaften, sondern stellte dazu einen jungen Verwalter an, während er selbst ein Geschäft in dem Ort eröffnete, wie er es früher betrieben hatte. Da es ein solches in Jeddam bisher nicht gegeben hatte und die Einkäufe in der nächsten größeren Stadt besorgt worden waren, hätte das Geschäft wohl gedeihen können, wenn nicht der Inhaber ein Jude gewesen wäre, von welchem Volke die Bewohner von Jeddam durchaus nichts wissen wollten. Verkauft wurde zwar genug, aber wenig bezahlt, und wenn Herr Samuel die ausstehenden Gelder einklagen wollte, mußte er erleben, daß sich die Behörden seiner nicht annahmen und er höchstens Prozeßkosten zahlen mußte, ohne zu seinem offenkundigen Recht kommen zu können. Es machte ihm oft Sorgen, was daraus werden sollte, und er wäre gern mit den Seinigen auf und davon gegangen, wenn er gewußt hätte, wie er in dieser feindseligen Umgebung zu seinem Gelde kommen und die Güter seiner Frau ohne zu großen Schaden verkaufen sollte.

Eine Reihe von Jahren ging es so weiter, bis eines Tages Herr Samuel krank wurde und nach dem Arzte im nächsten Städtchen schickte; als er auf seine zweite Bitte, schleunig zu kommen (denn die erste hatte keinerlei Erfolg gehabt), die Antwort erhielt, der Doktor sei sehr beschäftigt und bedaure, dem Rufe nicht Folge leisten zu können, wurde es ihm unheimlich zumute, und er bedachte zum ersten Male gründlich, wie er hier elend sterben und verderben könne. Während die Familie sorgenvoll und ratschlagend um sein Bett herumsaß, sagte er: „Das beste wäre, da ich doch einmal krank bin, wenn ich stürbe, dann könntet ihr unangefochten hier leben und glücklich sein." Seine Frau Rosette und die beiden Kinder, Anitza und Emanuel, verwiesen ihm so zu reden, da sie ohne ihn auch im Paradiese nicht glücklich sein könnten, und Herr Ive, der Verwalter, der Anitzas Verlobter war, sagte, daß es auch deshalb unrichtig sei, weil die Bewohner von Jeddam die abtrünnige Frau, die einen Juden geheiratet hatte, und dessen Kinder ebensowenig unter sich leiden möchten wie ihn selber.

„Wie wäre es aber," sagte Anitza, „wenn wir dich, Vater, als tot ausgäben und begrüben, während du heimlich in deine Heimat zurückkehrtest, und Ive, als unser natürlicher Freund und Vormund, unsre Angelegenheiten ordnete und uns dann zu dir führte?"

Herr Samuel wollte anfänglich von solchen Schlichen nichts hören, aber da der Verwalter erklärte, er getraue sich wohl, die Sache zu einem guten Ende zu bringen, und da Frau und Kinder zu dem Abenteuer, mittels dessen zugleich denen von Jeddam ein Streich gespielt wurde, voll Lust und Ungeduld waren, willigte er schließlich ein, es ins Werk zu setzen. Kaum war er wieder einigermaßen hergestellt, als er nächtlicherweile Jeddam verließ; es glückte ihm, unbemerkt zu dem nächsten größeren, am Meere gelegenen Ort zu gelangen, wo er sich einschiffte.

Unterdessen stopften Frau Rosette und Anitza mit Herrn Ives Hilfe einen netten Balg aus, befestigten eine passende Larve mit einem Bart aus Roßhaar vor dem Strohkopfe und legten diese Figur, in ein reinliches Sterbehemd gekleidet, auf Herrn Samuels Bett. Die Larve bedeckten sie mit einem Schnupftuch, doch die wachsenen Hände, die sie der Echtheit und Ähnlichkeit halber mit dem schönen Diamantring geschmückt hatten, den Samuel auf dem Zeigefinger zu tragen pflegte, blieben sichtbar. Der Betrug wäre wohl doch entdeckt worden, wenn das Haus des Juden nicht wie das eines Aussätzigen gemieden worden wäre; als die Nachricht von seinem Tode ausgesprengt war, fehlte es zwar nicht an Neugierigen, aber sie hielten an sich und spähten aus der Ferne, so daß nur die eignen Dienstboten scheu von der Türschwelle aus den künstlichen Leichnam betrachteten.

Demnächst begab sich Herr Ive zum Gemeinderat, um den Tod des Herrn Samuel anzuzeigen und die Beerdigung zu bestellen, wurde dort aber an den Pfarrer verwiesen, der diese Dinge zu erledigen habe. Der Pfarrer war ein Mann mit dichtem, lockigem Haar und kurzer, hölzerner Stirn über einem breiten Gesicht, für gewöhnlich schweigsam, nicht aus Neigung oder Anlage, sondern weil er nichts zu sagen wußte. Seine großen Augen flackerten ängstlich und bekümmert vor der großen Leere seines Schädels, und er war im ganzen ein mehr hilflos trauriger und unschädlicher Mann als ein bösartiger, außer wenn es sich um gewisse kirchliche Fragen handelte. Sowie nämlich irgendeine Sache vorkam, in der er sein Urteil, sei es auch ein noch so verkehrtes, hatte, und in der er überhaupt maßgebend war, bemächtigte er sich derselben mit Heftigkeit, blähte sich auf und spie Gift gegen alle, die ihm nahe kamen, im unbewußten Drange, sich dafür zu rächen, daß sie ihn so oft

3

als einen unwichtigen, blöden Tölpel unbrauchbar in der Ecke hatten stehen sehen. Als Herr Ive sich bei ihm meldete, wußte er schon, um was es sich handelte, und empfing ihn mit den Worten: „Was gibt es, Herr Ive? Da muß etwas Gewaltiges im Schwange sein, daß Ihr zu mir kommt! Ihr pflegt mich nicht zu überlaufen, weder in meinem Hause, noch im Hause Gottes! Diese Leute bedürfen der Seelsorge nicht; aber jetzt gilt es wohl eine Erbschaft oder eine Heirat, wo sie immer bei der Hand sind!"

Herr Ive entschuldigte sich höflich und sagte, daß er nur den Tod des verstorbenen Herrn Samuel anzeigen wolle, was ihm als Vormund der hinterbliebenen Familie zukomme. „Da habt Ihr Euch ein sauberes Amt ausgelesen," sagte der Pfarrer; „wer Pech angreift, besudelt sich, wißt Ihr das nicht? Bleibt mir mit Euerm toten Juden vom Leibe, ich habe nichts damit zu schaffen!" Herr Ive erklärte, daß der Gemeinderat ihn an den Pfarrer gewiesen hätte, der die Beerdigungsförmlichkeiten samt und sonders zu erledigen pflegte. „Ja," rief der Pfarrer aufbrausend, „die Beerdigungen von Christenmenschen freilich! Den Juden mögen seine Rabbiner und Pharisäer in ihre Erde graben und sich selber dazu, was desto besser für sie und uns wäre."

Der Herr Pfarrer wüßte wohl, sagte Herr Ive, daß es in Jeddam weder Pharisäer noch Sadduzäer gäbe, noch weniger einen jüdischen Kirchhof, weswegen der Wunsch des Herrn Pfarrers nicht könnte ausgeführt werden; es müßte der verstorbene Samuel wohl oder übel neben den übrigen Bürgern Jeddams bestattet werden. Der Pfarrer zog die schwachen Brauen über den großen rollenden Augen hoch, schlug mit der geballten Faust dreimal auf den Tisch und rief: „Nichts da! Heraus mit Euch! Werft Euern toten Juden wohin Ihr wollt, aber laßt Euch nicht mit ihm auf unserm christlichen Kirchhof blicken!" Worauf Herr Ive, dem das Blut bereits zu kochen anfing, sich herumdrehte, die Tür laut hinter sich zuschlug und spornstreichs zurück zum Gemeinderat eilte.

Dort gab es ein Köpfezusammenstecken und eiliges Hin- und Herlaufen, bis es Herrn Ive endlich gelang, zum Bürgermeister vorzudringen, der es im allgemeinen nicht liebte, in seinen Geschäften gestört zu werden. Er war ein beleibter Herr, der unter seiner Freundlichkeit äußerste Verachtung der meisten übrigen Menschen verbarg und sich einbildete, seine Stellung als Bürgermeister einzig seiner weltmännischen Gewandtheit und geistigen Überlegenheit zu verdanken. Ihm war alles gleichgültig, außer daß er den Ruf seiner Unfehlbarkeit und seine Beliebtheit nicht einbüßte, und es war deshalb ebenso angenehm, mit ihm zu verkehren, wie schwer, irgend etwas von ihm zu erreichen und in Gang zu bringen.

Herr Ive erzählte atemlos und heftig, was ihm beim Pfarrer begegnet war, häufig unterbrochen vom Bürgermeister, der sich nach unzähligen

Einzelheiten erkundigte, teils um seine sachkundige Gründlichkeit und menschliche Teilnahme zu beweisen, teils um im allgemeinen Zeit zu gewinnen. Als Herr Ive durchaus nichts mehr zur Klärung der Sachlage beizubringen wußte und augenscheinlich auf eine Antwort erpicht war, legte der Bürgermeister den Kopf auf die Seite, faltete die Hände über dem Bauche und sagte nachdenklich: „Schade, schade, daß der Herr Samuel sterben mußte! Ein fleißiger Herr, ein braver Herr, als Familienvater ausgezeichnet und als nützlicher Bürger, aber ein Jude. Unleugbar ein Jude! Er hätte noch eine Weile länger leben dürfen."

Herr Ive sagte ungeduldig: „Euer Gnaden werden Ihre rühmlich bekannte Gerechtigkeitsliebe beweisen und nicht dulden, daß Leute, die Euer Gnaden selbst als nützliche Bürger bezeichnen, wie faules Obst in den Graben geworfen, anstatt rechtlich begraben werden."

„Wie faules Obst in den Graben werfen!" rief der Bürgermeister erschrocken. „Das wäre in der Tat ein Unfug, den ich scharf ahnden würde. Die Geistlichkeit läßt sich oft, wie wir alle wissen, vom frommen Eifer hinreißen, allein das bürgerliche Haupt der Gemeinde folgt unbestechlich der Gerechtigkeit. Es soll mir nimmermehr ein verstorbener Jude, der tugendhaft gelebt hat, wie faules Obst auf der Gasse liegen!"

So würde, fragte Herr Ive, der Bürgermeister Befehl geben, daß der Verstorbene schicklich auf dem allgemeinen Friedhof beerdigt würde. Das würde er freilich, antwortete jener, nachdem er zuvor die Herren Gemeinderäte versammelt und ihre Meinung eingeholt hätte: „Denn", sagte er lächelnd, „den Tyrannen möchte ich nicht spielen, gerade weil ich es könnte."

Herr Ive mußte sich bescheiden, unverrichteter Sache heimzukehren, und eilte zur Familie des Samuel, um von dem Vorgefallenen Bericht zu erstatten. Er hatte im Laufe der Verhandlungen fast vergessen, daß sein Schwiegervater nicht in Wirklichkeit tot war, wie er aber zu Hause die vergnügten Gesichter sah, kam es ihm wieder zur Besinnung, und er mußte lachen, daß der Pfarrer sich dermaßen über eine Sache erhitzt hatte, die nur in der Einbildung bestand. Die zierliche Anitza warf sich auf einen Teppich und lachte lautlos in ein Kissen, so daß ihr die Tränen über das Gesicht liefen, aber ihre Mutter, eine hohe, kräftige Frau, die nicht mit sich spaßen ließ, stand auf und sagte: „Ive, du bist gut, aber du hast einen Lammsmut, du verstehst mit diesen Leuten nicht umzugehen, die man nicht höflich, sondern grob und unverschämt, wie sie selber sind, behandeln muß. Du wirst bescheiden vor der Tür gestanden und um Erlaubnis gefragt haben, anstatt zu sagen: ‚Kurz und gut, morgen begraben wir meinen Schwiegervater, und wer sich mir in den Weg stellt, dem zerschmettere ich mit diesen Fäusten die Knochen zu Butter.'"

„Ich habe mich so fest und entschlossen benommen, wie ich glaube, daß ein Mann soll," sagte Herr Ive, dessen helles, hübsches Gesicht über und über rot geworden war, als ihm Zaghaftigkeit vorgeworfen wurde. „Wenn es nötig ist, kann ich auch dreinschlagen, doch ich dachte, es wäre dazu immer noch Zeit."

Der junge Emanuel sagte: „Mama, die Leute haben im Grunde ganz recht. Auf einen christlichen Kirchhof gehören Christen, auf einen jüdischen Juden. Die Frage ist nicht so leicht zu entwirren, wie du dir einbildest."

Nun loderte Frau Rosette in lichtem Zorne auf und rief: „Geh mir mit deinen Spitzfindigkeiten! Dein Vater ist kein Dieb oder Mörder, sondern ein besserer Mann als alle die Ochsenköpfe von Jeddam, die froh sein können, einen solchen auf ihrem Friedhof begraben zu dürfen. Glaubst du, sie würden dich und mich und Anitza, obwohl wir gut katholische Christen sind, achtungsvoller behandeln? Sie würden uns auch in das erste beste Loch werfen; aber sie haben sich in mir verrechnet. Ich nehme es mit andern Leuten auf als mit dem hohlköpfigen Pfarrer und dem windigen Bürgermeister."

Anitza klatschte vor Vergnügen in die Hände und sagte zu ihrem Bruder: „Mama möchte, daß wir beide stürben, nur damit sie uns dem Pfarrer zum Tort ein christliches Begräbnis herrichten könnte!" Und Emanuel, der es liebte, seine Mutter zu necken, sagte: „Frau und Kinder gehen nach des Vaters Seite, und ich bezweifle, ob wir das Recht haben, uns auf dem Jeddamer Friedhof beerdigen zu lassen."

„Gelbschnabel!" rief seine Mutter. „Meine Urgroßväter, Großväter und mein Vater sind hier begraben, und ich möchte den sehen, der mich hindern kann, an ihrer Seite zu liegen. Ich gehe bis zum Kaiser, wenn es nötig ist, um diesen Prahlhänsen zu zeigen, wo ich mich begraben lassen kann!"

Es gelang Herrn Ive, die zürnende Frau zu bewegen, daß sie den Bescheid abwartete, den er jetzt vom Gemeinderate bekommen würde, und er machte sich alsbald auf, um denselben in Empfang zu nehmen. Ehe er in das Beratungszimmer geführt wurde, wo sich unter den übrigen Herren auch der Pfarrer befand, sagte der Bürgermeister: „Es kommt mir nicht in den Sinn, nach Tyrannenweise das Recht zu beugen, und daß dem Rechte nach kein Jude auf unserm christlichen Gottesacker bestattet werden darf, sehe ich ein; doch halte ich mich gern an den alten lateinischen Spruch, der besagt, daß man zwar unerschütterlich im Handeln, aber gefällig und lieblich in der Form sein soll, und werde deshalb dem jungen Manne den abschlägigen Bescheid so sanft wie möglich eingehen lassen."

Als hierauf Herr Ive vorgelassen wurde, empfing er ihn mit

wohlwollenden Blicken, streichelte kosend über das Protokollpapier, das vor ihm lag, und sagte: „Sie sind ein geschätzter Mitbürger, Herr Ive, auch der verstorbene Herr Samuel war es, soweit er Bürger war, als Bekenner stand er mir fern. Sagen Sie selbst, gibt es eine jüdische Gemeinde hier?"

Diese Frage konnte Herr Ive nicht anders als mit nein! beantworten, worauf der Bürgermeister fortfuhr: „Es gibt hier keine jüdische Gemeinde, oder, was dasselbe sagen will, keine Juden. Gibt es aber keine Juden hier, so gibt es auch keinen Juden, und so hat auch Herr Samuel, der ein Jude war, im rechtlichen Sinne niemals hier existiert. Seine Familie mag ihn beweinen, seine Freunde, ja alle fühlenden Herzen mögen seinen Hinschied betrauern, die Gemeinde als solche muß ihn als nie dagewesen betrachten und kann ihn infolgedessen auch nicht begraben."

„So bitte ich den Herrn Bürgermeister, mir zu sagen," rief Herr Ive drohend, „wo ich ihn begraben soll, denn begraben muß er doch einmal werden."

„Das wäre zu wünschen," sagte der Bürgermeister, „und es sei ferne von mir, den Hinterbliebenen darin auch nur das geringste in den Weg zu legen. Nur den christlichen Gottesacker bitte ich auszunehmen, und daß innerhalb der Stadtgrenzen kein Toter sich aufhalten darf, ist Ihnen sowie jedermann bekannt."

Jetzt aber war es mit Herrn Ives Geduld zu Ende, und indem ihm das Blut heiß in die Wangen schoß, rief er: „Wenn ihr den lebenden Juden unter euch dulden konntet, werdet ihr auch den toten ertragen. Ich verlange kein Geläut und kein Geplärr und Gezeter an seinem Grabe, aber ein Fleckchen Erde, wo er ruhig liegen kann, das soll er trotz euch haben. Laßt es euch gesagt sein, daß ich ihn morgen selber auf den Kirchhof bringen und jeden niederschlagen werde, der mich dabei stören will."

Diese groben Worte entzündeten ein heftiges Wortgemenge, das durch den plötzlichen Eintritt Frau Rosettens unterbrochen wurde, die, des Wartens überdrüssig, selbst gekommen war, um mit ein paar kernigen Worten die Leute zur Vernunft und die Sache zu Ende zu bringen. Als sie in großer Majestät, vom Kopf bis zu den Schuhen in Schwarz gekleidet, auf der Schwelle stand, verstummten alle, und der Bürgermeister beeilte sich, ihr entgegenzugehen und einige Worte des Beileids zu sprechen. „Laßt die Phrasen, Herr Bürgermeister," sagte sie abwehrend, „auf die ich keinen Wert lege. Ich verlange von Euch nichts als mein Recht, ich will meinen Mann auf den Kirchhof bringen, wo mir Vater und Mutter, Großväter und Urgroßväter ruhen, und darin verlange ich von Euch mehr unterstützt als behindert zu werden."

„Euer verewigter Vater war mein geschätzter Freund," sagte der Bürgermeister, indem er sich mit einem großen buntseidenen Taschentuche den Schweiß von der Stirn wischte, „und sein Grab gereicht unserm Gottesacker zur Ehre. Er war ein guter Bürger und ein guter Christ, und mehr braucht es nicht, um in Jeddam gut aufgenommen und begraben zu werden."

„So denke ich," sagte Frau Rosette, sich stolz umsehend, „daß ich diese Ehre verdiene. Ich wünsche aber, was niemand einem christlichen Eheweibe verargen wird, dereinst an meines Gatten Seite zu ruhen."

Der Bürgermeister trocknete sich den Angstschweiß ab und besann sich, welche Gelegenheit der Pfarrer, der sich nur ungern das Wort so lange hatte nehmen lassen, ergriff und losfuhr: „Bückt ihr euch vor dieser stolzen und abgöttischen Jesebel? Du hast einen Greuel in deine Familie und unsre Gemeinde gebracht, Weib, aber auf unsern Friedhof sollst du ihn nicht bringen. Es gibt genug Kehricht auf der Erde, wohin ihr eure ungläubigen Knochen werfen könnt, unserm heiligen Gottesgarten sollen sie fernbleiben!"

Frau Rosette trat dicht an den Pfarrer heran und sagte: „Höre du, ich mache mir zwar keine Ehre daraus, zwischen euern hohlen Gerippen begraben zu liegen, aber mein angeborenes und angestammtes Recht lasse ich mir von euch nicht rauben und möchte gleich auf dem Flecke sterben, damit ihr mit ansehen müßtet, wie ich auf euern Schutthaufen Einzug halte."

Die Anzüglichkeit der Frau Rosette hatte auch die übrigen Gemeinderäte in Zorn versetzt, von denen einer sagte: „Die Frau eines Juden hat keinerlei Recht mehr in Jeddam."

„Ja, ich hätte meine Mitgift einem von euch hungrigen Bären bringen sollen!" höhnte sie.

„Besser ein Bär als ein Schwein!" rief ein andrer; denn so pflegte man die Juden in Jeddam zu nennen.

Frau Rosette erbleichte und sagte: „Du mußt wohl ein Hund sein, daß du einen edeln Toten beschimpfst." Dann legte sie eine Hand auf Herrn Ives Arm und sagte, indem sie ihn mit sich zog: „Komm, wir werden uns selber helfen."

Während der Bürgermeister auseinandersetzte, daß der Weise und Weltmann nicht schimpfe, sondern fest und gelinde auf dem Buchstaben des Rechtes beharre, trug der Pfarrer Sorge, daß die übermütige Frau Rosette ihren Samuel nicht insgeheim in den Kirchhof einschmuggelte.

Das war diese allerdings willens, aber nicht verstohlenerweise, sondern öffentlich und prächtig, am hellen Tage, indem sie darauf rechnete, daß man es nicht zu einer Prügelei auf dem Kirchhof würde kommen lassen. Der Pfarrer hatte aber noch zur rechten Zeit eine Menge von Bauern versammelt und zu ihnen gesagt: „Kinder, der tote Jude wird unsre gute Erde verpesten! Leidet es nicht! Mag er draußen auf dem Felde liegen, wo es nur Raben und Krähen gibt! Wenn ihr nicht auf der Hut seid, werdet ihr Gift und Pestilenz und Viehseuche haben!" Die Folge davon war, daß die Knechte, die den Sarg mit dem künstlichen Samuel trugen, die Kirchhofpforte verrammelt und von feindseligen Bauern besetzt fanden, die ihnen den Eingang wehrten. Frau Rosette, Herr Ive und die Kinder, die in einem offenen Wagen folgten, sahen voll Erstaunen, wie sich ein tüchtiges Handgemenge entspann, in dem ihre Knechte bald den kürzeren zogen, da sie bedeutend in der Minderzahl waren. Herr Ive verfolgte den Kampf eine Weile mit dem Kennerblick eines jungen Straßenbuben und wachsender Ungeduld, bis er schließlich nicht mehr an sich zu halten vermochte, aus dem Wagen sprang, die Jacke abwarf und sich mit einem lauten, schnalzenden Schrei unter die Prügelnden mischte. Emanuel, dessen dunkle Augen vor Kampflust feucht geworden waren, schickte sich an, es seinem Schwager nachzutun, und die Mutter hatte Mühe, ihn festzuhalten und Anitzas Heiterkeit, die sich ihrer beim Anblick des tapfer ringenden Bräutigams bemächtigt hatte, durch Zupfen, Winken und Warnen in etwas zu mäßigen. Ihren Schwiegersohn sah Frau Rosette zwar mit Genugtuung und Billigung im Kampfgewühl, dennoch bat sie ihn, angesichts der immer wachsenden Zahl seiner Gegner, für heute abzustehen, da man mit so geringen Streitkräften nicht hoffen könne, den Sieg davonzutragen. Herr Ive, da er einmal im Raufen war, hörte nur ungern auf, doch sah er ein, daß seine Schwiegermutter recht hatte, und führte die Familie unter hellem Übermut der Kinder und prasselndem Zornfeuer Frau Rosettens nach Hause zurück.

Die Zurückgebliebenen prügelten sich weiter und waren so eifrig dabei, daß es der Gemeindepolizei kaum gelang, sie bei einbrechender Nacht auseinander zu treiben. Dieser Auflauf machte den Bürgermeister und mehrere Herren vom Rate so bedenklich, daß sie sich nochmals in einem verschwiegenen Zimmer des Wirtshauses, das öfter zu wichtigen Beratschlagungen diente, versammelten, um einen gütlichen Ausweg dieser heiklen Angelegenheit zu finden.

„Es ist nicht zu leugnen," begann der Bürgermeister freundlich, indem er tändelnd den Deckel seines Bierkrugs auf- und zuklappte, „daß ein toter Mensch irgendwo begraben werden sollte. Auch kann man der Frau Rosette nicht zumuten, daß sie ihren verstorbenen Gatten zwischen ihren Getreidefeldern und Kartoffeläckern beerdigt."

„Beileibe nicht!" rief der Pfarrer drohend. „Soll er unsern christlichen Erdboden verpesten? Hinaus mit ihm! Weit weg mit ihm! Werden doch auch die toten Pferde und Hunde da draußen eingescharrt."

Der Bürgermeister klapperte sinnend mit seinem Deckel und sagte: „Ich gebe zu, Ehrwürden, daß ein Jude kein Christ ist, sollte er aber deswegen unter die Tiere fallen?"

Hieran knüpfte sich eine längere Beratung, und nachdem in dieser Weise genugsam hin und her gestritten war, machte einer der Gemeinderäte folgenden Vorschlag: „Es wird den Herren bekannt sein," sagte er, „daß wir in einer Ecke des Kirchhofes, wo wildes Unkraut wächst und der Totengräber zu keiner Pflege und Säuberung verpflichtet ist, die kleinen Kinder begraben, die totgeboren wurden oder gleich nach der Geburt starben, so daß sie leider die heilige Taufe nicht empfangen konnten. Diese scheinen mir insofern mit dem Juden vergleichbar, als sie, wie er, ungetauft sind, und es dünkt mich deshalb nicht unschicklich, wenn man ihn dort in aller Stille vergrübe."

Der Bürgermeister wollte eben einen mäßigen Beifall dieses Vorschlages laut werden lassen, als der Pfarrer, die Hände über dem Kopfe zusammenschlagend, ausrief: „Wo ist euer Christentum? Ihr schwatzt wie Heiden und Türken daher! Wißt ihr nicht, daß die vor und während der Geburt gestorbenen Christenkinder Engel sind? Kleine Engelkinder, die ihre schwarzen Augen niemals aufgetan und durch den Anblick unsrer häßlichen Erde getrübt haben! die mit ihren kleinen Rosenfüßen niemals den Dreck berührt haben, durch den wir waten! Auf der Schwelle unsers Lebens haben sie die Flügel geschüttelt und sind wieder davongeflogen in den Himmel."

Hier fing der Pfarrer, der die kleinen Kinder zärtlich liebte, an zu weinen, und auch einige Gemeinderäte wischten sich die Augen, indessen der Bürgermeister sagte: „Es bleibt den Kindern unbenommen, in den Himmel zu fliegen, und dem Juden, in die Hölle zu fahren, nichtsdestoweniger sind sie vom bürgerlichen Standpunkte aus alle ungetauft, und es scheint mir daher billig und recht, daß sie am selben Orte begraben werden." Er fürchtete nämlich die große und behäbige Verwandtschaft Frau Rosettens, die sich zwar um Herrn Samuel wenig bekümmert hatte, von der es aber doch anzunehmen war, daß sie die Kränkung einer von ihrer Sippschaft übel vermerken würde.

Der Pfarrer konnte gegen den Gemeinderat, der einmütig war, nichts ausrichten, machte sich aber an das Volk, stellte ihm die Unbill vor, die ihm angetan werden sollte, und ermunterte es, dieselbe in Gottes Namen mit Fäusten abzuwehren. „Würdet ihr ruhig zusehen," rief er, „wenn man einen Wolf in euern Schafstall ließe? Und sie wollen einen falschen Judas zwischen eure unschuldigen Kinder legen, die am Throne der Dreieinigkeit für arme Sünder beten. Pestilenz! Feuersbrunst! Wassernot! Kriegsnot und Hungersnot werden über euch kommen, wenn ihr zulaßt, daß der heilige Gottesacker durch diesen Verräter vergiftet wird."

Die Bürger von Jeddam ließen sich dies nicht zweimal sagen, rotteten sich zusammen und schwuren, jedweden totzuschlagen, der den toten Samuel auf ihren Friedhof bringen würde. Am furchtbarsten unter den Aufwieglern war ein Großbauer namens Pomilko, ein hünengroßer Mann mit dickem Kopf und weißblonden Haaren, der mit seinem Gefolge von Angehörigen, Verwandten, Abhängigen und Knechten das ganze Gemeinwesen hätte über den Haufen werfen können. Pomilko hatte vor kurzem eine zweite Frau genommen, die ihm ein totes Kind geboren hatte. Demselben hatte er zwar keinen Blick geschenkt, sondern, als ihm die Botschaft gebracht worden war, hatte er sich fluchend und zähneknirschend aufs Feld begeben und sich zwei Tage lang nicht im Hause blicken lassen; jedoch sah er es als eine gröbliche Ehrenkränkung an, daß ein Jude in der Nähe seines Sprößlings begraben sein sollte, und er erklärte laut, er fürchte weder den Bürgermeister noch den Kaiser und würde diesen zeigen, was Pomilko vermöchte, wenn sie sich ihn zu beleidigen getrauten. Er hatte aus erster Ehe eine erwachsene Tochter namens Sorka, ein großes, starkes Mädchen mit kecken, blitzenden Augen, einem feinen Munde und Zähnen, die fest wie Kieselsteine und gelbglänzend wie Marmor waren. Als das Mädchen hörte, daß eine Stiefmutter ins Haus ziehen sollte, erklärte sie dem Vater, sie wolle das nicht leiden, er möchte davon abstehen, was ihn bewog, die Heirat um so schneller zu vollziehen. Als Sorka beim ersten gemeinsamen Mittagsmahle fehlte, der Vater sie hereinrief und die Stiefmutter ihr mit saurer Miene die Suppe in den Teller füllte, schob Sorka denselben so heftig zurück, daß das reine Tischtuch über und über bespritzt wurde, sagte: „Ich esse nicht, was du gekocht hast!" und schaute dem Vater und seiner Frau herausfordernd und mit verhaltenem Frohlocken ins Gesicht. „So magst du hungern," rief der Vater zornig, „andre Speise gibt es hier für dich nicht!" Sorka lachte und sagte: „Lieber such ich mir selbst mein Brot," und zog stracks mit einem Bündel Habseligkeiten aus dem Hause.

Sie nahm, da sie nicht gleich etwas andres fand, bei einem kleinen Bauer einen Dienst an und hatte bald eine Liebschaft mit dessen Sohn, was der Vater, der alte Darinko, geschehen ließ, weil er wußte, daß Pomilko seiner Tochter ihr mütterliches Erbe nicht vorenthalten konnte. Diese Vorgänge hatten den Pomilko mit übler Laune, Ärger, Zorn und Rachsucht ganz angefüllt, weshalb er die Gelegenheit, zu zanken, zu raufen und allenfalls jemand totzuschlagen, sogleich ergriffen hatte.

Der Bürgermeister konnte sich nicht verhehlen, daß eine förmliche Revolution im Anzuge sei, und in seiner Verlegenheit hielt er eine Ansprache an das Volk, er würde die Frage wegen des Judengrabes Seiner Majestät dem Kaiser zur Entscheidung vorlegen, inzwischen möchten sie ihren Geschäften nachgehen und sich still verhalten, das Gemeinwesen ruhe sicher in seinen Händen. In Wirklichkeit begab er sich nicht zum Kaiser, sondern zu dem Kommandanten einer Garnison, die im nächsten Orte lag, und dieser erklärte sich vollständig damit einverstanden, daß Herr Samuel in jener Ecke des Jeddamer Kirchhofes, wo die ungetauften Kinder lägen, beerdigt würde, bewilligte auch dem Bürgermeister eine kleine Abteilung Soldaten für den Fall, daß bei der Bestattung Ruhestörungen vorkämen.

Es wurde nun der Frau Rosette mitgeteilt, wo und wie sie ihren Gemahl beerdigen dürfe, und sie wurde zugleich ersucht, das Begräbnis bei Nacht vor sich gehen zu lassen, damit Ärgernis vermieden würde. Frau Rosettens Stolz wurde dadurch zwar nicht ganz befriedigt, doch sagte sie sich, daß es sich eigentlich nicht um ihren Samuel, sondern nur um eine nachgemachte Puppe handle, und daß sie froh sein müsse, wenn die Schwindelei so bald wie möglich von der Erde verschwände, und versprach infolgedessen, sich gemäß der empfangenen Weisung zu verhalten.

Die Bürger von Jeddam hatten angesichts der Soldaten beschlossen, sich in diese Sache nicht mehr zu mischen, hielten sich aber während des Begräbnisses in den Häusern, da sie es doch nicht anständig fanden, gegenwärtig zu sein und keinen Tumult zu veranstalten. Es trabte also der schwarzverhangene Wagen durch die stille Mitternacht, als wäre das Dorf durch Zauberei gebannt oder versteinert, und nichts war hörbar als das Trotten der Pferde, das Rollen der Räder und das leise Schwatzen von Frau Rosette und Herrn Ive, die im leichten Gefährt dem Sarge folgten. Mit Hilfe des Totengräbers wurde der vermeintliche Samuel aufs Geratewohl in jene verwilderte Ecke gestopft, worauf die Familie, die unterdessen schon die Koffer gepackt hatte, sich schleunig auf die Reise begab, um sich mit dem Vater wieder zu vereinigen. Herr Ive blieb einstweilen wegen der Angelegenheiten, um derentwillen der ganze Betrug angezettelt war, in Jeddam zurück.

Dort war aber der Kampf noch keineswegs beendet. Es fanden sich nämlich am Tage nach dem Begräbnis auf der Kirchhofmauer, da, wo die ungetauften Kinder lagen, allerlei fürwitzige Inschriften angemalt, wie zum Beispiel: Hier ist Schweinemarkt! oder: Misthaufen von Jeddam! oder: Kehrichthof! und andre Witze dieser Art, was bald zu den Ohren der Leute kam, die Kinder an dieser Stelle begraben hatten. An die Spitze der Beleidigten stellte sich der mächtige Pomilko, dem es ohnehin lieber war, auf seiten der Regierung zu stehen, und der nicht zweifelte, daß der alte Darinko, bei dem sich seine Tochter befand, ihm diese Beschimpfung angetan hätte. Dadurch wurde dieser das Haupt einer geistlichen Partei, die fortfuhr, gegen die Anwesenheit des verstorbenen Samuel auf dem Kirchhof zu meutern; er leugnete zwar, die Inschriften an der Mauer verfaßt zu haben, war es aber übrigens wohl zufrieden, aus seiner ärmlichen Bedeutungslosigkeit herausgerissen zu sein, und raufte und hetzte fröhlich unter dem Schutze der

Kirche und des Pfarrers. Allmählich geriet der tote Jude, der die Ursache des langwierigen Kampfes gewesen war, bei den beiden Rotten in Vergessenheit, und sie benutzten die Gelegenheit, um allerlei alten Hader auszufechten, taten sich alle erdenklichen Übel an, und es gab so viel blutige Köpfe, gebrochene Gliedmaßen und brennende Scheuern, daß Ärzte, Bader, Polizei und Löschmannschaft Tag und Nacht vollauf zu tun und zu laufen hatten. Der Bürgermeister hätte gern zum Pomilko gehalten, der der mächtigste und begütertste unter den Bauern war und zudem die gerechte Sache vertrat, allein die geistliche Partei war bei weitem zahlreicher, so daß er es mit dieser auch nicht verderben wollte. Der Pfarrer war trunken vom Gefühl seiner Wichtigkeit und triumphierte außer sich: „Feuer ist da! Brand ist da! Vatermord und Brudermord ist da! Habe ich es nicht prophezeit? Habe ich euch nicht gewarnt? Jeddam ist verpestet! Durch Unglauben ist es verpestet! Heraus mit der Eiterbeule von Jeddam! Heraus mit dem ungetauften Gebein aus Jeddam, oder wir werden alle verderben! Kinder, wir werden alle verderben!" Und er weinte, weil er durchaus nicht mehr zweifelte, daß es wirklich so wäre. Der Bürgermeister bat ihn, gleichfalls unter Tränen, dergleichen aufreizende Reden zu unterlassen und lieber das wütende Heer zu beruhigen, aber er brachte den Pfarrer dadurch nur noch mehr auf, der entrüstet sagte, er würde seinen Gott nicht verkaufen und wenn man ihm hundert Goldgulden dafür böte.

Vielleicht wäre Jeddam in Blut und Flammen untergegangen, wenn sich der Bürgermeister nicht aufgemacht hätte, um noch einmal die Hilfe des Kommandanten in Anspruch zu nehmen. Die Nachricht, daß der Kaiser an der Spitze eines Regimentes daherziehe und die Aufrührer niederschmettern würde, verbreitete lähmenden Schrecken, und einer nach dem andern schlich sich nach Hause und an seine Arbeit.

„Darinko," sagte der Pfarrer an diesem Tage zum Sohne des kleinen Bauern, der an der Spitze der geistlichen Partei gestanden hatte, „ich verspreche dir, daß du Sorka heiraten und ihr Erbe ungeschmälert erhalten wirst, wenn du diese Nacht auf den Kirchhof gehst, den Samuel ausgräbst und in die Melk wirfst."

„Das will ich wohl tun," sagte der junge Darinko, „und ich wundere mich, daß wir es nicht schon längst getan haben."

„Tu es heute," sagte der Pfarrer, „und es wird dich nicht gereuen," was alles Darinko der Sorka getreulich wieder erzählte. Sorka erklärte, dem Geliebten in diesem Unternehmen beistehen zu wollen, da es für ihn allein eine schwierige Sache gewesen wäre, denn er mußte sich mit vielen Werkzeugen versehen, nicht nur um das Grab, sondern auch um den schweren Sarg aus Eichenholz zu öffnen, den er nicht bis zum Flusse hätte tragen

13

können. Als es völlig Nacht und rings alles still war, stahlen sie sich aus dem väterlichen Hof und machten sich auf den Weg. Es war eine lange und harte Arbeit, das Grab des Samuel zu finden, das auf keinerlei Art bezeichnet war, und sie mußten graben und wühlen, daß ihnen der Schweiß von der Stirne troff, bis sie endlich auf den großen Sarg stießen, den sie als den richtigen erkannten. Sie atmeten erleichtert auf, und da sie noch eine Weile Zeit hatten, kauerten sie sich nebeneinander auf die aufgeworfene Erde nieder, und Sorka holte Brot, Käse und eine Flasche Bier hervor, die sie zur Stärkung mitgenommen hatte. Ohnehin vergnügt über die Aussicht auf die Heirat, die ihnen der Pfarrer eröffnet hatte, teilten sie das Essen miteinander, faßten sich bei den Händen und küßten sich, und Sorka sagte: „Meinetwegen hätte der alte Jude hier können liegen bleiben, der Stiefmutter zum Tort.“

„War sie wirklich so schrecklich böse?“ fragte Darinko neugierig.

„Sie war nicht böser als ich,“ sagte Sorka, „aber ich mochte sie nicht leiden, und darum bin ich weggelaufen und lache, wenn sie sich ärgert,“ und sie lachte, daß ihre gelben Zähne glänzten.

Sie hatten inzwischen die Arbeit wieder aufgenommen und machten sich daran, den Sarg zu öffnen, was um so schwieriger war, als sie sich bemühen mußten, so wenig Lärm wie möglich dabei zu machen. Als es gelungen war, hielt Darinko einen Augenblick inne und sagte: „Jetzt kommt das schwerste Geschäft; es ist dunkle Mitternacht, und wir sind ganz allein.“ Sorka sah ihn listig an und sagte: „Fürchtest du dich? Hast du dich doch nicht gefürchtet, als du mir den ersten Kuß gabst, und ich hätte dir doch ebensogut eine Ohrfeige geben können wie der tote Jude?“

Darinko fühlte seinen Mut durch die Erinnerung an dieses Heldenstück neu belebt, schlug den Deckel zurück und faßte den, der im Sarge lag, um den Leib, in der Absicht, geschwind, ohne ihn anzusehen, mit ihm davonzulaufen und ihn in die Melk zu werfen. Kaum hatte er ihn aber gefaßt, als er ihn mit einem Schrei wieder fallen ließ, etwas so Unerwartetes und Unheimliches war es, den Strohbalg zu berühren. Sorka lachte hell auf über die Bangigkeit des Darinko und beugte sich über die zusammengefallene Puppe, um zu sehen, was es da Fürchterliches gäbe. Als sie inne wurden, daß sie wirklich nur eine ausgestopfte Figur mit Larve und Wachshänden vor sich hatten, blieb dem Darinko vor Erstaunen der Mund offen stehen, während Sorka so unmäßig lachte, daß sie sich auf die Erde werfen und hin und her wälzen mußte. „Was kann das bedeuten?“ fragte endlich Darinko, der unsicher war, ob es sich vielleicht um eine zauberhafte Verwandlung oder sonst eine höllische Kunst handelte. „Was geht das uns an?“ sagte Sorka. „Wir können keinen andern Samuel in die Melk werfen als den, den wir gefunden haben; ob es der richtige ist, das ist nicht unsre Sache.“ Sie war unterdessen aufgestanden und untersuchte die Puppe eifrig unter fortwährendem Gelächter, wobei sie denn auch den herrlichen Diamantring entdeckte, der noch am Zeigefinger der einen Wachshand saß, sei es, daß Frau Rosette ihn vergessen hatte, oder daß sie ihn absichtlich als ein freiwilliges Opfer zum glücklichen Ausgang des dreisten Abenteuers hatte mit begraben lassen. Jetzt erschrak auch Sorka und fuhr zurück im Gedanken, es könnte hier Gott weiß was für eine Teufelsschlinge verborgen sein; doch gewöhnte sie sich schnell an die Seltsamkeit und kam zu der Überzeugung, der Ring sei ein kostbarer Ring und nichts weiter, den sie mit Fug und Recht als Belohnung für ihre Arbeit an sich nehmen und für sich behalten könnten. Sie bemächtigten sich des Ringes, gaben sich gegenseitig das Wort, über ihre Entdeckungen gegen jedermann zu schweigen, und fast berauscht vor Glückseligkeit kugelten und tummelten sie sich noch eine geraume Weile auf dem nächtlichen Friedhof; dann schleppte Darinko den Balg in die Melk, während Sorka den leeren Sarg wieder eingrub, die Erde darüberschaufelte und alles so machte, wie es zuvor gewesen war.

Die Soldaten, die am andern Tage in Jeddam einrückten, fanden nichts mehr zu tun, und da die Rädelsführer bei den verschiedenen Brandstiftungen, Raufereien und andern Missetaten schwer festzustellen waren, kam es auch nicht zu erheblichen Bestrafungen.

Nach einiger Zeit, als in weiter Ferne der arglose Herr Samuel, dem die Familie die Vorfälle in Jeddam verschwiegen hatte, damit er sich nicht etwa eine Kränkung daraus zöge, das gute alte häßliche Gesicht von Wiedersehensfreude glänzend, seine Lieben in die Arme schloß, saß der Pfarrer von Jeddam beim Bürgermeister zu Tisch, und der letztere sagte: „Jedermann weiß, daß Ehrwürden in der Theologie und allen Dingen der Gottesfurcht weiser sind als meine Wenigkeit. Doch kann ich die Bemerkung nicht unterdrücken, daß Pestilenz, Feuersbrunst und Kriegsnot vorüber sind, seit die Soldaten bei uns einrückten, wiewohl der tote Samuel nach wie vor inmitten der ungetauften Kinder begraben liegt."

„Das tut er bei Gott nicht," triumphierte der Pfarrer und schlug mit der Faust auf den Tisch, daß es klirrte. „In der Nacht, ehe die Soldaten kamen, habe ich ihn ausgraben und in die Melk werfen lassen, die ihn wohl längst ins Meer geschwemmt hat, wo er bei Fischen und anderm Unrat liegen bleiben mag."

Der Bürgermeister war so verblüfft, daß er nicht wußte, ob er lachen oder zornig werden sollte. „Meint Ihr wirklich," fragte er endlich, „daß das die Ursache ist, warum Frieden und Wohlergehen wieder bei uns eingekehrt sind?"

„Was sonst?" rief der Pfarrer; „unser Gemeinwesen war in großer

Gefahr, und ich habe es gerettet, doch prahle ich nicht laut damit, sondern gebe Gott die Ehre." Und er erhob das volle Weinglas und hielt es dem Bürgermeister zum Anstoßen hin, der, obwohl ihn seine Niederlage wurmte, es für das Feinste hielt, zu schweigen und zu trinken.

———————

Aus Bimbos Seelenwanderungen

F r a g m e n t

V or mehreren Jahrhunderten, erzählte Bimbo, war ich der Sohn eines Scharfrichters in einer kleinen Stadt des Nordens. Damals war dieselbe frei und mächtig, ein kleines Reich für sich, nur daß der römische Kaiser noch einige Titular- und Ehrenrechte darin besaß, die ein Burgvogt mit Schall und Gepränge, aber ohne etwas Wesentliches zu bedeuten und vermögen, vertrat. Mein Vater, obgleich er der Scharfrichter war, dem niemand die Hand reichen mochte, ohne sich mit unauslöschlicher Schmach zu beflecken, war der allerschönste Mann im Lande und glich der furchtbaren Waffe, die er führte; denn er war groß, gerade und schlank wie ein Schwert, mit schneidenden Blicken im Auge, und seine Bewegungen, wenn er sich einmal bewegte, waren wie sicher treffende Blitze.

Aber, wie die Frauen sind, trotzdem ist ihm meine Mutter untreu gewesen, nachdem ich einige Jahre auf der Welt war. Es scheint, daß sie schwach und eitel und nicht einmal besonders schön war, aber daß sie gerade in ihrer Schwäche und Hilflosigkeit einen großen Zauber besaß. Das Gespräch der Leute war, daß mein Vater, als er ihre Untreue erfuhr, sie mit seinen eignen Händen erwürgt habe, was allerdings nur ein Gerede gewesen sein kann, wie vieles andre, was über ihn im Umlauf war. Denn weil er ein kluger Mann war und mehr wußte als die übrigen, namentlich in der Arzneikunde und Chirurgie, glaubte man, daß er mit Dämonen im Bunde stehe und mit ihrer Hilfe übermenschliche Dinge verrichten könne. So sagte man zum Beispiel, es habe ihn noch niemand mit den Augen blinzeln sehen, er bedürfe des Schlafes nicht, ja sei wohl sogar des Todes überhoben, wenn ihm nicht die Geister, die er jetzt beherrschte, einmal den Hals brächen. Wahr ist das, daß er Tage und Nächte hintereinander wachen konnte, ohne darunter zu leiden, und ich erinnere mich, wie ich ihn manchmal mit heimlichem Grauen betrachtete, ob er nicht die Augenlider bewegen würde, ohne daß es geschah. Weiter sagte man von meinem Vater, daß er die Leute behexen und mit dem bloßen Blick seiner Augen krank machen, ja totschauen könne, und namentlich daß er, wen er wolle, und wäre er Papst von Rom, auf das Blutgerüst unter sein Schwert zu bringen vermöchte, indem er denselben nur einmal flüchtig mit der Spitze seines Schwertes berührte. Deswegen, obschon sie seiner Hilfe in allerlei öffentlichen und heimlichen Sachen benötigten und diese auch meistens gutwillig, wenn auch gegen reichliches Entgelt, geleistet wurde, hatten sie doch Furcht vor ihm, und die Regierung hätte sich vielleicht seiner auf irgendeine Weise entledigt, wenn sie seiner Rache sich auszusetzen gewagt hätte. Gegen die Untergebenen in unserm kleinen Reiche, das, viele Gehöfte umfassend, weit außerhalb der Stadt lag, war er, soweit es die Roheit der wüsten Knechte zuließ, großmütig und nachsichtig. Mich behandelte er sogar mit Zärtlichkeit, wenn ich von einigen Anfällen rasender Wut absehe, die ihn bei Gelegenheit von ein paar unbedeutenden kindlichen Vergehungen ergriff, und so grausam er mich auch in diesen Fällen behandelte, liebte ich ihn doch abgöttisch, ja ich hätte mir von ihm mit Freuden die Seele aus dem Leibe martern lassen. Nur manchmal überkam mich ein Gefühl des Hasses von derselben Stärke, nämlich dann, wenn mir zufällig, indem ich seine Hände ansah, in den Sinn kam, daß er mit ihnen meine Mutter erwürgt hatte.

Unser Haus lag auf der Heide, die sich bis an das Meer erstreckte; vom Hause aus konnte man es nicht sehen, wohl aber auf dem weiter nordwärts gelegenen Richtplatze, wo es nichts als Sand gab außer einigen uralten, verwitterten Steinen, die halb darin versunken waren. Man hielt sie für Grabsteine vornehmer Gerichteter; denn hier war seit undenklichen Zeiten die Richtstätte der Republik gewesen; wahrscheinlicher ist es freilich, daß das Meer die Blöcke angeschwemmt und ebbend auf der Heide zurückgelassen hatte. Wie dem auch sei, wir pflegten uns oft des Abends auf diese Steine niederzusetzen und auf das glänzendschwarze Geflimmer des Meeres hinzusehen, und wenn er dann seine Hand auf dem Steine neben mir ruhen ließ, kam sie mir zuweilen wie eine weiße Tigerin vor, die schläft, weil sie satt von Blut ist, oder die sich schlafend stellt und lauert, um ein argloses Opfer zu zerfleischen. Dann dachte ich an meine Mutter, deren Bild ich deutlich vor Augen hatte und der ich selbst innen und außen vielfach glich, und malte mir aus, wie sie sich in dem eisernen Arme des schönen Blutmannes gekrümmt hatte, bis mir der Haß in die Kehle stieg und ich eine verzweifelte Lust spürte, mich auf ihn zu werfen und die Ader an seinem Halse aufzubeißen, damit er verblutete. Mein Vater sagte nie etwas darüber, obgleich er es mir ansah, und ich glaube sogar, er hätte mir nicht gewehrt, auch wenn ich es getan hätte. Dieser Gewaltige, der, wie man sagte, sechs Männer mit einem Schwertschlage enthaupten konnte, daß ihre Köpfe wie Disteln abschnellten, hätte sich von meinen schwachen Händen umbringen lassen, so etwa wie Erwachsene stillhalten, wenn spielende Kinder mit ihren winzigen Schlägen über sie herfahren.

Mich mächtig, berühmt und gelehrt zu machen, war der Ehrgeiz seines Lebens, und mit dem Gelde, das er aufhäufte, ermöglichte er es, mir so viele Bildungsmittel zuzuführen, wie den strebsamsten und vermöglichsten Menschen der Zeit zugänglich waren. Er schickte mich in andre Länder, damit ich an hohen Schulen studierte, und ließ es sich Hunderte und Tausende kosten, daß mein Herkommen und Stand verborgen blieben. Aber er dachte nicht etwa daran, mich in höhere Kasten einzuschmuggeln, nein, ich sollte nach ihm Scharfrichter werden, wie das einmal seit unvordenklichen Zeiten das Los unsers Geschlechtes war, nur sollte ich aus Schmach und Elend heraus sie alle durch meinen Geist überglänzen und beherrschen, auf den Knien sollten sie nachts mit Lebensgefahr zu mir rutschen, die mich am Tage wie einen tollen Hund von ihrer Schwelle hetzen durften. Ich freilich hatte an allen Schulen nichts gelernt als höfliche Sitten und Herrenleben, weniger aus Faulheit als aus Torheit, die mich den Wert der Zeit nicht bedenken ließ; im Innersten hoffte ich, es würde so in Saus und Braus in Ewigkeit weitergehen. Dem Befehle meines Vaters wagte ich aber nicht mich zu widersetzen, und es hatte auch etwas grausig Verlockendes für mich, einst Blutkönig in dem einsamen Reich auf der Heide zu werden. Nur suchte ich den Augenblick, wo ich selbst das Handwerk ausüben sollte, hinauszuschieben, worauf mein Vater auch bereitwillig einging, weil ich schlank und zierlich von Wuchs war und er meinte, ich müßte mich noch durch viele körperliche Übungen auf meinen Beruf vorbereiten.

Da kam eines Tages die Gelegenheit, die meinem Vater schicklich erschien, mich einzuführen; es handelte sich nämlich darum, einen Papageien öffentlich mit dem Schwerte zu richten.

Herr Quarre, der kaiserliche Vogt, saß zwar bis über den Hals in Schulden, achtete sich aber der Majestät, die er vertrat, in allem gleich, war hochmütig wie ein Pfau und dumm wie ein Pfannenstiel, worüber die Gassenbuben auf der Straße Spottlieder genug zu singen wußten. Um seine Lage zu verbessern und seine Stimme im Rat zu verstärken, trachtete er nach der Hand der Tochter des regierenden Bürgermeisters, deren lockende Güte und Holdheit sich in aller Leute Herz schmeichelte, so daß selbst die bösen Kramverkäuferinnen auf dem Markte sie die kleine Wonne nannten, nämlich Wunneke in jener altniederdeutschen Sprache. In ihrer übermütigen Jugend lachte sie über den abgeschmackten Freier, der zu allem andern ein dicker alternder Mann und trunksüchtig war, und gab sich nicht die Mühe, ihre Verachtung seiner ungefügen Person zu verbergen. Darüber war ihr Vater, der Bürgermeister, des Kaisers wegen in großen Ängsten, und wenn er auch nicht daran dachte, seine Tochter zu einer solchen lächerlichen Verbindung zu zwingen, hätte er die Sache doch gern aufs glimpflichste geordnet.

Nun geschah es, daß Herr Quarre den Bürgermeister besuchen wollte, ihn aber nicht zu Hause fand und in guter Zuversicht die Jungfrau Tochter bitten ließ, die auch in wenigen Minuten zu erscheinen versprach. Während er in einem stattlichen Empfangszimmer ihrer wartete, hörte er im Nebenzimmer erst ein Pfeifen und Knarren, dann ein Singen, in dem er deutlich die Melodie und schließlich auch die Textworte unterscheiden konnte; es lautete nämlich:

Herr Quarre wär ein Held

Und hätt auch Gott geprellt
Ums Regiment der Welt,
Wenn nicht das Beste fehlt':
Die Grütze und das Geld.

Sogleich geriet Herr Quarre in einen brennenden Zorn, und als nun lächelnden Mundes Wunneke ins Zimmer trat, ergoß er sich in wütenden Reden und forderte tobend, daß ihm der Name des unverschämten Rebellen genannt würde, der so aufreizende Lieder von sich gäbe, damit eine nachdrückliche Strafe über ihn verhängt würde. Wunneke entgegnete sanftmütig, der Herr Vogt werde besagten Gesang auf der Straße vernommen haben, wo man leider oft von liederlichen Leuten die gottlosesten Dinge hören müsse. Herr Quarre blieb aber dabei, es sei im Nebenzimmer gewesen, und ließ auch einfließen, es sei eine helle und gewissermaßen lieblich pfeifende Stimme gewesen, wobei er drohende Blicke auf das Fräulein schoß. Wunneke veränderte aber ihre unschuldige Miene nicht und sagte ruhig, im Nebenzimmer sei niemand anders gewesen als Flämmchen, der Papagei, der dort seinen Standort habe und allerdings, was sie nicht leugnen wolle, sowohl sprechen wie singen könne, so daß es, wenn auch unwahrscheinlich, doch nicht unmöglich sei, daß er den Unfug getrieben habe. Herr Quarre verlangte murrend die angebliche Bestie in Augenschein zu nehmen und wurde von Wunneke höflich in das Nebenzimmer geführt, wo auf einer goldenen Stange Flämmchen saß, mit einem Kettlein am Fuße daran festgebunden. Sie forderte den Vogel unter Streicheln und Liebkosen auf, zu wiederholen, was er vorher gesungen habe; aber man vernahm nur ein leises wollüstiges Knarren, das er von sich gab, indem er sein grüngoldiges Köpfchen langsam an der weißen Mädchenwange rieb.

Herr Quarre hielt sich nunmehr für gefoppt und schnaubte von dannen unter der Androhung, daß er den Bürgermeister und sein ganzes Haus wegen Majestätsbeleidigung vor Gericht ziehen werde. Sein Zorn verdoppelte sich noch, als Herr Schmitz, der Bürgermeister, obwohl er sich verschworen hatte, alles zu tun, um den Gekränkten zu begütigen, sich mit Vorbringung fadenscheiniger Ausflüchte entschuldigte, als der Vogt sich Wunneke selber zur Entschädigung ausbat. Er brachte eine Klage bei dem Rat ein, und es wurde schleunig eine Sitzung anberaumt, bei der der Bürgermeister, als selbst beklagt und beteiligt, den Vorsitz Herrn Muslieb, dem zweiten Bürgermeister, abtreten mußte.

Dieser war zwar dem kaiserlichen Vogte, der beständig die Gerechtsame der Republik schmälern wollte, so feind, wie es ihm zukam, andrerseits aber war es ihm angenehm, dartun zu können, daß, wenn auch seine Stellung bescheidener als die des regierenden Bürgermeisters, doch sein Name nicht minder fleckenlos war, und er beschloß, die Gerechtigkeit alle Partei-, Privat- und Sonderinteressen überwiegen zu lassen. Er ersuchte zunächst Herrn Quarre, das Lied vorzutragen, das die Ursache des Prozesses war, was derselbe nicht ohne Unwillen tat; sämtliche Ratsherren konnten nicht umhin, mit strengem Kopfschütteln sich dahin zu erklären, daß es keine geringe Keckheit und Unanständigkeit sei, wenn Lieder so schandbaren Inhalts in einem obrigkeitlichen Hause in aller Fröhlichkeit laut würden. Der Bürgermeister und seine Tochter beteuerten, daß keiner außer dem Papagei das Lied hätte singen können, und das Fräulein führte zu seiner Entschuldigung an, daß er wahrscheinlich, am offenen Fenster stehend, das Schelmenstückchen gehört und in seiner Torheit nachgeplappert hätte. Herr Quarre zog dies in Zweifel, da noch nicht einmal bewiesen und überhaupt sehr unwahrscheinlich sei, daß das dumme und eitle Tier sprechen könne, welcher Beweis denn nun freilich auf der Stelle geleistet wurde. Indessen war Flämmchen nicht zu bewegen, etwas andres zu sagen als: Guten Morgen, Wunneke! Komm mit, Wunneke! Küß mich, Wunneke! welche Reden er süßlich quäkend und unter geschwindem Augenrollen mehr als nötig wiederholte. Daraufhin erklärte der vorsitzende Bürgermeister den Papageien für wohlbefähigt, das Verbrechen, dessen er geziehen wurde, begangen zu haben, und Herr Quarre, der den Vogel nunmehr zwischen Furcht und Staunen für einen Zauberer ansah, neigte zu der Ansicht, daß er der Täter sei.

Trotzdem glaubte der Rat ohne weiteren Beweis nicht zu einem Urteil schreiten zu dürfen, und die Herren gingen dem Vogel mit Singen und Pfeifen eifrig zu Leibe; denn sie hofften ihn zur Wiederholung des Liedes zu bewegen, indem sie die Melodie und ersten Worte desselben anhüben. Über diese Zurüstungen war Flämmchen so erschreckt, daß er nur den Schnabel auf und zu machte, ohne einen hörbaren Laut zu äußern, was Herr Quarre als Berechnung und Verstellung auslegte. Die übrigen Herren zögerten in großer Verlegenheit, bis das Fräulein den Vorschlag machte, es möchten einige Vertrauenspersonen ausgewählt und beauftragt werden, Flämmchen während einer gewissen Zeit scharf zu beobachten; denn es sei anzunehmen, falls er das Lied wirklich einmal gewußt hätte, daß er es wiederholen würde, sowie er nicht wie jetzt durch eine hohe und majestätische Versammlung eingeschüchtert wäre. Hierauf gingen alle mit Freuden ein, und es wurden sofort drei kundige und anstellige Ratsherren mittels geheimer Abstimmung ausgewählt, die drei Tage und Nächte hintereinander das Gestell des Vogels umgeben und auf alle seine Äußerungen achten sollten. Da ihnen Reden sowie Gespräch und Gelächter jeder Art der größeren Aufmerksamkeit wegen verboten war, vertrieben sie sich die Zeit mit schweigendem Würfeln und Kartenspielen, das nur zuweilen dadurch unterbrochen wurde, daß ein jeder die Ausrufungen des Papageien auf einem Pergamentstreifen verzeichnete. Es war aber nach Verlauf der Zeit nichts vorgefallen, was auf Flämmchens Kenntnis des bezüglichen Liedes schließen ließ, und man hätte ihn freigesprochen, wenn sich nicht Herr Quarre mit äußerster Wut dagegen gesetzt hätte. Ein sauberes Regiment, sagte er, das sich von einem ausländisch aufgeputzten Vogel über das Ohr hauen lasse; er würde die ganze Republik zusammenstampfen wie ein Äpfelmus, wenn der ihm zugefügte Schimpf nicht an dem Missetäter gerächt würde. Nachdem Bürgermeister und Rat eine Zeitlang in den Gesetzen nachgeschlagen und geblättert hatten, erklärten sie einmütig, daß sie zunächst das Mittel der Tortur versuchen müßten, um ein gutwilliges Geständnis zu erpressen.

Und so ist es gekommen, daß ich Wunneke sah. Denn trotzdem es allgemeiner Mißbilligung unterlag, daß sie unser verfemtes Reich betreten und einer Handlung so schauriger Art beiwohnen wollte, hatte sie sich nicht davon zurückhalten lassen, ihren Liebling auf seinem Martergange zu begleiten. Ich Unglücklicher stand an meines Vaters Seite, als sie in das moderige Gewölbe eintrat, wie ein wandelnder Narzissenstrauß, wie ein Kelch aus Milchglas voller Veilchen, mit dem ein duftendes Frühlingsgewölk in die kalte Finsternis hineinschwebt. Ach mehr − wie vor dem ermattenden Schwimmer, der sich eben in den unvermeidlichen Untergang geschickt hat, mitten aus dem öden Wassermeer eine blühende Insel auftaucht, mit Orangenhainen bewaldet, denen die Tropfen noch von den glatten Blättern rieseln, so stand sie plötzlich vor mir und schaute mir mit lächelnden Augen ins Gesicht. Nur mich lächelte sie an, gegen die andern bewahrte sie eine absichtliche Feierlichkeit, und vor meinem Vater schien sie zu erschrecken; von Abscheu war nichts darin, nur Erstaunen und Bangen. Woher wußte sie, daß meine Augen alles so sahen wie ihre? Obgleich wir nie ein Wort miteinander gesprochen hatten, sahen wir, während die Handlung sich entfaltete, einander an wie zwei schelmische Kinder, die eine Falle gestellt haben und aus ihrem Versteck aufpassen, wie die Geneckten hineintappen. Und nun ertönte das silberne Harfenspiel ihrer Stimme, wie sie zu meinem Vater sagte: „Herr Marx Grave, wollt bedenken, daß der Beklagte ein zartes und verwöhntes Geschöpf ist, dem das Lebensfädchen leicht völlig zerreißen könnte, wenn man allzuhart daran zerrte."

Mein Vater antwortete laut und ernsthaft: „Die Vernunft und die Gesetze gebieten, edles Fräulein, die Pein nicht über das Vermögen des Delinquenten hinausgehen zu lassen. Seid versichert, daß ich es bei den ersten und angenehmsten Graden der Folter bewenden lassen werde."

In dem Augenblick, als das Tier meinem Vater übergeben wurde und seine rechte Hand sich ihm mit einem schraubenartigen Werkzeug näherte, brach der Papagei in ein lautes Gezeter aus, das sich deutlich in einige Worte zerlegen ließ, und zwar in ebendieselben, die den Anfang des Spottliedchens über Herrn Quarre bildeten. Dieser, der, um sich an den Qualen seines Feindes zu ergötzen, ganz nahe bei meinem Vater gestanden hatte, triumphierte hoch und verlangte, daß er dem überführten Übeltäter augenblicklich den Hals umdrehe. Mein Vater entgegnete kühl: „Und wenn der Papagei Euch, Herr Quarre, das Herz aus dem Leibe gehackt hätte und dessen geständig wäre, würde ich ihm doch kein Federchen krümmen, bis er nach Recht gerichtet und mir in herkömmlicher Form zur Vollstreckung des Urteils übergeben wäre."

Herr Quarre brach in gräßliches Schimpfen aus und rief: „Hört den Mistfinken! das Blutschwein! ich kenne euch alle, frei möchtet ihr sein und schert euch einen Kuckuck um die Majestät des Kaisers, der euer Dreckgehirn wie Nüsse mit dem Absatz zerknacken könnte!" In welchen giftigen Reden ihn aber Herr Muslieb mit ernster Höflichkeit unterbrach, indem er ihn auf das Unbedachte seines Geschwätzes aufmerksam machte. Dem Papagei, sagte er, werde sein verdientes Urteil gesprochen werden, ohne daß das Recht um ein Tüttelchen geschmälert würde, danach aber werde man untersuchen, ob der Kaiser in Wahrheit Anspruch darauf habe, eines ehrbaren Rats reichsfreier Stadt Köpfe abschätzig zu betiteln und mit Füßen zu treten, was, soviel er wisse, nicht einmal in der Türkei und andern üppigen Sultansländern Sitte sei.

„Wenn die Narren den hübschen Vogel wirklich zum Schwerte verurteilen," sagte mein Vater, nachdem sich alle entfernt hatten, „sollst du an meiner Stelle amtieren;" denn, meinte er, er selbst sei für solche Albernheiten zu alt, würde auch nötigenfalls den Herren mit seiner Dienstordnung in der Hand beweisen, daß er zu ernstem, vernünftigem Geschäft, nicht aber zu eitelm Firlefanz berufen sei. Mir aber würde es wohl anstehen, mich bei dieser Gelegenheit zum ersten Male öffentlich zu zeigen, denn fehlen könnte ich bei so leichter Arbeit nicht, dagegen den Beifall von Mädchen und Toren, deren es viele gäbe, erwerben.

Gott weiß, wie mir damals Tage und Nächte vergingen. Mein Herz war wie ein junger Falke, der unaufhörlich mit den Flügeln rauscht, um sich zum ersten Fluge aufzuschwingen, und zwischen Furcht und ungeduldigem Mute zaudert. Auf der Heide lag mein Leib, aber ich selbst fuhr wie eine Sturmschwalbe darüber hinweg, schreiend und die salzige Meerluft schlingend, daß ich sie kühl und berauschend bis in die tiefste Seele hinein fühlte. Ich sauste um den alten Leuchtturm, schlug mit klatschenden Flügeln an sein starres Gemäuer, stürzte mich in die brennende Pechpfanne auf seiner Zinne, peitschte mit der schwarzroten Flamme die fliehende Luft und empfand mit Wonne, wie ich mich dehnte, indem ich mich selber verzehrte. Dabei war ich mir wohl bewußt, wer sie war und wer ich war, und daß ich eher die Wange des Mondes als die ihre je mit meinen Lippen berühren könnte. Aber diese Unmöglichkeit eben erhöhte meinen Wahnsinn, denn was mir in den Eingeweiden brauste, hätte mich vor mir selber lächerlich gemacht, wenn es sich um ein alltägliches Lieben und Werben gehandelt hätte. Auch war in meinem Gefühl das Bewußtsein von einer magnetischen Kraft, die sie doch einmal an mein Herz reißen müßte, wenn ich auch nicht darüber nachdachte, wie das geschehen könnte. Und als ich vollends am Tage der Papageihinrichtung mein neues Amtsgewand trug, ganz aus schwarzem Tuch, das kurze Mäntelchen, mit karmesinroter Seide gefüttert, schwarze und rote Federn auf dem Barett, zweifelte ich nicht, daß der Himmel sich über meiner Schönheit öffnen und Rosen auf mich herabschütten würde, Rosen von jenseits, mit Ambrosia betaute, die ich alle der erbleichenden Wunneke in den Schoß werfen würde.

Von weitem her sah ich den Armesünderkarren durch den braunen herbstlichen Wohlgeruch der Heide stolpern, auf dem sie saß in ihrem schwarzsamtenen Kleide, den Papageien an einem silbernen Kettlein haltend, der, von dem Anblick der weiten hohen Welt und der unübersehbaren Menschenmenge betäubt, bald in sich zusammensank als ein erlöschendes Flämmchen, bald mit gesträubten Federn, heftig kreischend und schimpfend, auf dem Arme seiner Herrin auf und ab lief. Ihr gegenüber saß der Propst, welcher auf ihr Verlangen dem Sünder als Trost auf seinem letzten Gange beigegeben war. Dies hatte sie allerdings nicht ohne Mühe durchgesetzt, denn die Räte waren in der Mehrzahl der Ansicht gewesen, bei einer vernunftlosen Bestie sei geistlicher Zuspruch nicht nur unnötig, sondern sogar übel angebracht. Aber Wunneke wendete ein, wenn Flämmchen denn vernunftlos sei, dürfe man ihm auch sein schelmisches Singen nicht zum Vorwurf machen, worauf Herr Quarre in einen glühroten Zorn geriet, seinen borstigen Schnurrbart sträubte, daß man an der Spitze jedes Haares ein Fröschlein hätte aufspießen können, und sagte, ohne Vernunft sei der Vogel zwar nicht, aber seine Vernunft sei des Teufels, und wenn ihn die sämtlichen Kirchenväter mit dem Papst an der Spitze zum Schafotte geleiteten und ihm die ganze Bibel aufsagten, würde das dem ruchlosen Federvieh nur zu Spott und Gelächter dienen. Hierauf aber sagte der Propst, den man nebst mehreren andern Theologen zu Rate gezogen hatte, damit sie die heikelige Sache beurteilten, wenn dem so sei, müsse man um so mehr dazu tun, daß der göttliche Vernunftsinn dem Teufel entrissen würde, und er wollte sich der Aufgabe wohl unterziehen. Überhaupt, sagte er, fehlten zwar auch dem gescheitesten Tier die vernünftigen Begriffe, weil es nicht unterwiesen sei, aber man gebe ja auch einem neugeborenen oder gar idiotischen Kinde die heilige Taufe, das sei eins wie das andre, man müsse eben den Heiligen Geist spenden, wie der liebe Gott die Sonne und ein Sämann die Körner, soviel als möglich und aufs

Geratewohl, schaden könne es nicht und zuviel sei besser als zuwenig. Auf diesen gelehrten Sermon wußte niemand etwas zu erwidern, auch fürchteten Bürgermeister und Rat den Propst, der weit und breit großes Ansehen genoß und die dumme, lenksame Riesenseele des Volkes in der Hand hielt.

So saßen der Propst und das Fräulein auf dem Karren und unterhielten sich leise und lächelnd, und mir schien es, wie ich das weiße Seelengesicht über dem schwarzen Kleide schweben sah, als führe man in feierlicher Prozession eine auf ferner neuentdeckter Insel gefundene Wunderblume durch das Land, damit alles Volk sie sähe und ihren Duft einatmete. Das Schafott hatte mein Vater selbst mit hochrotem Samt überzogen, und ich eilte die Stufen hinan, als wäre ich der Königssohn und sollte mich dem Volke zeigen. Das war auch in lustiger Bewegung, weil es ein so seltsames Schauspiel mit ansehen sollte, und viele Männer und Frauen hoben ihre Kinder hoch und riefen: Schau, Lütte Grave; denn da ich wie mein Vater Marx hieß, nannte man mich zum Unterschiede den Kleinen, das ist Lütte in jener niederdeutschen Sprache. Flämmchen hatte ich am Kettlein auf der Hand sitzen wie einen Edelfalken, und ich fühlte meine zierliche Schönheit ordentlich aus mir herausblühen. Wie mein Vater mich gelehrt hatte, kniete ich mich zuerst nieder und sagte: Gott walte deiner und meiner! stand dann wieder auf, neigte meines kleinen Schwertes Spitze dahin, wo die Obrigkeit versammelt war, und schickte mich an, meinen Delinquenten zu richten.

In diesem Augenblick sah ich zum erstenmal, wie schön Flämmchen war: das grüne Köpfchen glänzte, als wäre Goldschaum darüber geblasen, und die roten und blauen Federn im Schwanz und in den Flügeln flammten wie edle Steine. Er bemerkte meine Bewunderung sogleich, und seine runden, spiegelnden Augen sagten halb flehentlich, halb listig: Töte mich nicht, Lütte Grave! Willst du mich, das hübsche Flämmchen, den kriechenden Breitmäulern da unten zuliebe umbringen? Fliegen wirst du mich lassen … Es fehlte nicht viel, so hätte ich ihn wirklich fliegen und als ein goldenes Flämmchen in den lachenden blauen Himmel steigen lassen; aber ich besann mich, daß er als ein unfreier, halbbeseelter Menschengeselle auf Wunnekes Schulter zurückfliegen und dem Tode doch nicht entgehen würde, daher entschloß ich mich und hieb mit einem kurzen geschwinden Streich das kleine Schelmenhaupt vom Rumpfe. So geschickt führte ich es aus, daß ich den abfliegenden Kopf mit der Spitze meines Schwertes auffing und ihn so dem Volke zeigen konnte als Beweis der völlig und glücklich ausgeführten Exekution. Bei diesem Anblick brach die Menge in helles Freudengeschrei aus, die Kinder klatschten in die Hände, und über die warme, träumende Heideluft verbreitete sich blitzschnell Jubel und Gelächter. Die Obrigkeit trollte sich eilig und unzufrieden davon, denn sie trauten sich nicht, der unanständigen Ausgelassenheit zu steuern; aber das Volk wogte noch bis zum kühlen Abend auf der Heide umher, als ob Jahrmarkt wäre.

Wunneke hatte ich während der ganzen Handlung nicht einmal angeschaut, aber gefühlt hatte ich sie, wo sie war, wie sie unter Tränen lächelte und was sie dachte, und ihr Herz blieb bei mir zurück, und ich legte mich damit in das blühende Kraut, seliger, als wenn es ihr schöner warmer Leib gewesen wäre. Erst am andern Morgen flohen mir die guten Glücksgeister davon, und das Gestrige lag unter der neuen Sonne wie ein elendes, abgegriffenes Rumpelkammerspielwerk, das man als Kind einmal für das herrlichste Kleinod gehalten hat. Und gerade am Abend dieses wüsten Tages kam sie. Sie kam wie ein leichtes, flüsterndes Blatt, das der Wind vor sich her weht, und schien sich an die Dunkelheit anschmiegen und in sie verbergen zu wollen. Ein andrer hätte sie ohne weiteres in seine Arme genommen – denn war sie nicht fast ein Strandgut an unsre fürchterliche Küste geworfen –, mir aber kam das nicht in den Sinn, vielmehr hielt ich mich weit von ihr, während ich sie in unser Haus geleitete. Auf meines Vaters Frage sagte sie, daß sie gekommen sei, um sich Flämmchens Leichnam auszubitten, den sie begraben wolle, und unter seinem Blick errötend, setzte sie hinzu, ihr Vater würde ihr die unschuldige Bitte ausgeschlagen haben, darum sei sie heimlich bei der Dunkelheit gekommen.

„Habt Ihr nicht gewußt," sagte mein Vater, „daß Ihr des Scharfrichters Haus nicht betreten dürft? Und daß er mit seinem Leben bezahlen muß, wenn er Euch empfängt, bewirtet oder berührt?"

Es quälte mich, daß Wunneke nicht ein Wort zu entgegnen vermochte, obschon sie sich Mühe gab, zu sprechen; sie starrte ihm ins Gesicht und hätte sich, glaub ich, von ihm niederschlagen lassen, ohne den leisesten Versuch zur Verteidigung oder zur Flucht zu machen. Nach einer langen Pause fuhr mein Vater fort: „Nehmt das zu Herzen, wenn mir oder meinem Sohne ein Haar sollte gekrümmt werden um Euretwillen, weil es Euerm buhlerischen Leichtsinn nach Abenteuern gelüstet, so müßt Ihr zahlen: unsre Tränen mit Euerm Blut, unser Blut mit Eurer Seele." Ich war so gewohnt, mich unter dem tyrannischen Willen meines Vaters zu beugen, daß ich mich währenddessen ganz still verhalten hatte, dazu stand ich auch unter dem Eindrucke seiner wilden Schönheit, die sich immer dann am prächtigsten auftat, wenn das Blut in ihm zu kochen anfing. Erst nach einer Weile, als er sie mit einem milderen Blick musterte, in dem etwas kalt wollüstig Abschätzendes war, gewann ich mich selbst wieder, trat vor und sagte: „Warum erschreckst du das Fräulein, Vater, das ohne böse Absicht als eine Bittende zu uns gekommen ist? Erlaube, daß ich ihr den Vogel suche und sie dann wieder heimbegleite."

Mein Vater sah mich scharf an, und ich glaube, daß er in diesem Augenblick alles durchschaute, was ich fühlte, wünschte und hoffte, und vielleicht auch, welchen Ausgang es nehmen würde, denn es schlich sich ein mehr mitleidiges und vorwurfsvolles als spottendes Lächeln um seinen Mund; aber er winkte mir nur mit der Hand, zu gehen, ohne noch einen Blick auf das Mädchen zu werfen. Sie drängte sich an mich und folgte mir, und als wir draußen waren, sahen wir uns heimlich lachend an und schüttelten uns wie Kinder, die Schelte bekommen haben; dann liefen wir spornstreichs mitten in die Heide hinein.

Das tote Flämmchen hatte ich bald gefunden und aus dem Sande herausgewühlt, von dem es nur eben bedeckt gewesen war; danach setzten wir uns auf das samtbeschlagene Gerüst, das in der Dämmerung hoch und schwarzrot dastand, und blickten auf das gleichmäßig brandende Meer. Ich erzählte ihr dunkle Geschichten von den Männern und Frauen, die seit Jahrhunderten auf diesem Stück Heide von meinen Vorvätern waren hingewürgt worden, die ich zum Teil in meiner Kindheit von unsern Knechten gehört hatte. Die Seelen der Gerichteten hausten im Meere, sagte ich, die meisten hielten sich dicht am Ufer, und wenn frisches Blut vergossen würde, schlichen sie sich nachts heran und tränken davon in schrecklicher Lüsternheit nach dem irdischen Leben. Die Ferne war schwarz bis auf einen weißgelben Streifen, der wie ein einsamer Pfad über die dunkeln Berge der

Ewigkeit schimmerte; aber dicht vor uns bewegten sich vom Wasser her über das Heidegestrüpp kriechende Nebel, die man in Wirklichkeit für geisterhafte Phantome hätte halten können. Einige schienen verzweifelt die dünnen stehenden Arme zu ringen, während sich andre auf die Erde gekrümmt, verstohlen, ihrer verfluchten Blutgier sich schämend, auf uns zuschlichen. Über diesen Anblick begann Wunneke plötzlich sich zu fürchten, und ich geleitete sie in Sicherheit heim, versprach ihr aber zuvor, daß ich Flämmchens zeitliche Überreste auf dem nächsten Gottesacker ordentlich und lieblich bestatten wollte, was ich mir unter dem Schutze des Totengräbers, den ich gut kannte, wohl auszuführen getraute.

Dieser gestand mir auch gleich alles zu, um was ich ihn bat, und nachdem ich ihn in seiner Gefälligkeit noch durch ein namhaftes Trinkgeld bestärkt hatte, wählte ich mir ein Plätzchen an der Hecke aus, wo lauter alte, verfallene Gräber lagen, um die sich niemand mehr bekümmerte. Dort warf ich ein schmales Hüglein auf und bepflanzte es über und über mit blühenden Astern, daß es wie ein einziger großer Blumenstrauß aussah. Am folgenden Abend kam Wunneke, wie sie mir aus freien Stücken angesagt hatte, und wir setzten uns auf einen halb eingesunkenen Stein unter einer hohen Pappel, die der Wind rauschend auf und nieder bewegte. Welke Blätter sausten in Schwärmen an uns vorüber, und weiterhin sahen wir sie wie ein dunkles Gewölk über die bleichen Gräber jagen. Vielleicht war die feuchte, gärende Luft voll von den Lebenskeimen aller der Begrabenen, die seit Jahren und Jahrhunderten hier moderten, denn mir war es, als saugten wir mit jedem Atemzuge mehr treibenden, schwellenden Drang in uns hinein. Bis dahin hatte ich sie noch nicht ein einziges Mal berührt, und jetzt auch hätte ich es nicht getan, wenn sie sich mir nicht selber an die Brust geworfen und meine ehrlosen Mordknechtshände mit Küssen bedeckt hätte.

Aber trotzdem sie nun viele Abende, ich erinnere mich nicht mehr, wie viele es waren, zu mir auf den Kirchhof kam, wurde ich immer trauriger. Ich mußte immer darüber nachdenken, ob sie wohl zärtlicher gegen mich sei, als sie gegen Flämmchen gewesen war, und ob sie mich wohl so innig liebkosen würde, wenn Flämmchen noch lebte, und ob sie wohl gerade das an mich gezogen hätte, daß ich verfemt war, und meinen Leib, so jung und schön er war, anzurühren Schande und Tod brachte. Sie übrigens meinte es treu mit den überschwenglichsten Liebesworten, wie sie denn ganz unfähig gewesen wäre, Liebe zu heucheln. Alles, was folgte, war einzig meine Schuld, denn ich wußte schon damals, was sie nicht wußte, nämlich, daß sie mich nicht liebte, mich nicht liebte, trotzdem sie es mir allabendlich heilig beteuerte. Ein einziges Mal hatte ich den Mut, es ihr zu sagen, worauf sie mich wohl eine Minute lang nachdenklich und erschrocken ansah; dann stürzten ihr plötzlich Tränen aus den Augen, und sie umarmte mich, als ob sie mich nicht mehr von sich lassen wollte. Während ich bebend die kühle Tränenflut über mein Gesicht rinnen fühlte, sagte sie unter Schluchzen, wie sie mich liebte, ewig, ewig nur mich, wie wenn ich ein goldener Stern des Himmels wäre, der nachts zu ihr heruntersteige, um sich von ihr küssen zu lassen. Auf meine Frage, weshalb sie weine, wußte sie nichts zu erwidern. Aber das war das merkwürdigste, daß ich seitdem, obwohl ich nie mehr darauf zurückkam, noch weniger an ihre Liebe glaubte als vorher. Und daß ich recht hatte, zeigte sich nun bald, nachdem der Totengräber mich verraten hatte.

Der Totengräber war ein kurzes, dickes Männchen mit dickem Kopfe, nicht böse, nicht gewinnsüchtig, nicht streitsüchtig noch schadenfroh, obwohl er lauter Handlungen beging, aus denen man das und Ärgeres hätte schließen müssen. Nur war er hilflos und unberaten, tappte blindlings und tolpatschig ins Leben hinein, bis er plötzlich an ein beliebiges Steinchen im Wege anstieß, zur Besinnung kam und nun plötzlich von unaufhaltsamer Angst überfallen wurde, daß er eine große Unvorsichtigkeit begangen habe, in diese oder jene Falle geraten werde und überhaupt verloren sei. In solchen Augenblicken schonte er niemand, denn er glaubte alle samt und sonders wider sich verschworen und konnte andre ins Verderben stürzen, während er sich für ein armes Opfer hielt, das eben schlau genug sei, sich aus der Schlinge zu ziehen. Er hatte ein paar runde, braunglänzende Augen, denen er den Ausdruck alles durchdringender Pfiffigkeit zu geben suchte, obgleich er eigentlich gar nichts mit ihnen sah oder beobachtete. Aber er wollte um jeden Preis die Dummheit, die er deutlich in sich spürte, vor der Welt verbergen, damit er nicht übervorteilt und ausgelacht würde.

Er hatte mir damals bereitwillig die Erlaubnis gegeben, den Papagei auf dem ihm unterstellen Kirchhof zu begraben, mir sogar geholfen, das kleine Grab zu graben und den Hügel aufzuwerfen. Er hatte sich, außerordentlich dabei belustigt, und wenn Wunneke kam, pflegte er mir heimliche Zeichen zu machen, in sich hineinzukichern und sich die Hände zu reiben; ohne daß ich ihn darum gebeten hätte, ließ er um unsertwillen die Friedhoftür länger geöffnet als gewöhnlich und schloß sie hinter uns, kurz, er war uns in jeder Hinsicht bei der Ausführung unsrer Zusammenkünfte behilflich. Plötzlich nun klärte ihn seine Frau, die hinter die Sache gekommen war, darüber auf, was das eigentlich auf sich habe und was für unübersehbare und verderbliche Folgen daraus entstehen könnten. Denn daß ich des Scharfrichters Sohn war, wußte sie so gut, wie sie sah, daß Wunneke ein vornehmes Fräulein war; das allerärgste schien ihr aber merkwürdigerweise das zu sein, daß wir den Vogel in geweihter Erde begraben hatten.

Die warnenden Reden seiner Frau erschreckten den Totengräber so, daß er schnurstracks, um Leib und Leben zu retten, hinlief und seine Anzeige vor

Gericht machte. Er erzählte aufs glaubwürdigste, wie ich ihn mit nacktem Schwert bedroht hätte, weil er den Greuel nicht hätte dulden wollen, wie aber sein Gewissen ihm keine Ruhe gelassen hätte, besonders seit das feine Fräulein in meiner Gesellschaft gewesen wäre, das leider wohl auch ein Opfer meines Frevelmutes sein möchte. Als ich, ohne hiervon einen Verdacht zu haben, plötzlich vor einen heimlichen Rat gestellt wurde, war ich nicht wenig bestürzt, konnte mich aber doch so weit fassen, daß ich beschloß, nichts auszusagen, was Wunneke gefährlich werden könnte. So kam es, daß ich auf die Frage, was mich bewogen hätte, einen ganz gemeinen ausländischen Vogel an heiliger Stätte zu begraben, antwortete – denn es wollte mir in der Bedrängnis und Eile nichts Besseres einfallen – das hätte ich getan, weil es ihm auf dem Schafott in seiner Sterbestunde als seinen letzten Wunsch tröstlicherweise versprochen hätte. Dies Geständnis rief ein gewaltiges Erstaunen hervor, und es wurden Beratschlagungen veranstaltet, wie meine Worte aufzufassen wären. Viele erinnerten sich, daß ich in der Tat mit gezücktem Schwerte einige Augenblicke gezögert und, dem Papagei ins Auge blickend, mit dem Zuschlagen gewartet habe, gerade als ob ich Zwiesprache mit ihm pflöge, so daß meiner Aussage wohl Glauben zu schenken sei; wie denn überhaupt nicht wenige wegen meines überaus hübschen und freundlichen Aussehens mir wohlwollten. Daß der Papagei der Sprache mächtig gewesen sei und auch vernünftig habe reden können, sei ohnehin bewiesen, meinten diese, denn sonst hätte er ja den kaiserlichen Vogt nicht verlachen und beschimpfen können. Ob das vernünftig reden heiße, ihn und Seine Majestät zum besten haben, grollte Herr Quarre; worauf sich jene wieder verantworteten, daß man vernünftig, das heißt vernünftigen Inhalts, und vernunftgemäß, das heißt den Gesetzen des Denkens entsprechend, unterscheiden müsse. Indessen blieb man doch, selbst wenn es festgestellt sei, daß der Papagei hätte vernünftig denken und reden können, im Zweifel darüber, ob seine Gedanken sich auch auf das Jenseits und ein ewiges Leben erstrecken können, welche Frage wiederum die Geistlichkeit sollte zu entscheiden haben.

Noch sehe ich in meiner Erinnerung den Propst eintreten mit seiner hohen, etwas gebeugten und zierlich gebauten Gestalt in den prächtigen Ratssaal, und wie er mit seinen Feueraugen umhersah und alles ruhig und geschwinde musterte. Halbversunken waren diese alten Augen, und die Blicke kamen aus der Tiefe hervor wie Drachenzungen aus einer dunkeln Höhle, nur daß sie keinerlei Gift oder Bosheit an sich hatten, aber scharf, schnell und sicher trafen sie ins Herz. Als ich sie auf mir ruhen fühlte, nachdem man ihm meine Aussage samt allen daran geknüpften Bedenklichkeiten vorgetragen hatte, wurde es mir ganz wohl und glückselig zumute, und es schien mir auf einmal alles nichts weiter als ein schönes

Fastnachtsspiel zu sein, dem ich zuschauen dürfte.

Warum, begann sogleich der Propst, ohne auf dem ihm dargebotenen Sessel Platz zu nehmen, die Hände auf den langen Ratstisch gestützt, warum sollte es eine Sünde sein, den hübschen Papageien auf den Gottesacker zu begraben, da er doch kein Türke, Heide oder Jude, sowie kein Henker, Selbstmörder, Hexenmeister oder Seiltänzer gewesen sei?

Der Vorsitzende erwiderte, Flämmchen sei allerdings nur ein Vogel gewesen, aber ein von Rechts wegen geköpfter; worauf der Propst erklärte, man müsse die Strafe anders ansehen als eine über Menschen verhängte, denn einem Menschen würde ein so kleines Vergehen nicht mehr als einen Verweis oder eine Ohrfeige eingetragen haben, was aber hätte man mit einem Vogel anfangen sollen? Geld besäße er keines, und gefangen wäre er so wie so, jede Körperstrafe würde aber in Ansehung seines gebrechlichen Leibchens ohnehin in Todesstrafe ausgeartet sein. Also sei er eigentlich nur zufällig und aus Not geköpft und brauchte das weiter keine Entehrung über den Tod hinaus im Gefolge zu haben.

Aber ob eben ein Vogel schlechthin würdig sei, auf dem christlichen Friedhof begraben zu werden, das sei die Frage, wandte der Vorsitzende ein.

Wie? sagte der Propst, ob man denn nicht wisse, daß der Heilige Geist in Gestalt einer Taube die Menschen heimsuche? Wer könne wissen, ob nicht in jenen antipodischen Ländern, wo es vielleicht keine Tauben gäbe, der Geist durch Papageien verbreitet würde? Jedenfalls sei erwiesen, daß ein Vogel nichts Unreines sei, sonst würde es dem Heiligen Geist nicht belieben, hineinzufahren, und es sei die Frage, ob nicht mancher Christ in der geweihten Erde liege, in dem er vor aufgehäuftem Unrat nicht hätte hausen mögen noch können.

„Flausen!" rief nun der kaiserliche Vogt, kirschbraun im Gesicht und mit starrendem Schnurrbart, „Tiere sind Tiere und gehören auf den Schindanger, wenn sie nicht nach Gottes Ordnung als Speise gegessen und verdaut werden."

Jetzt aber beugte sich der Propst weit vor, so daß er dem Vogte dicht in die Augen sah, und sagte, indem er seine feine Hand zur Faust ballte und fest auf die Bibel legte, die zum Zwecke der Eidesleistung der Zeugen auf dem Ratstische lag: „Es steht geschrieben im ersten Buche Moses: Und Gott sprach zu Noah, ich richte einen Bund mit euch auf und mit allem lebendigen Tier bei euch an Vögeln, an Vieh und an allen Tieren auf Erden bei euch, daß hinfort keine Sündflut mehr kommen soll, die die Erde verderbe. Meinen Bogen habe ich gesetzt in die Wolken, der soll das Zeichen des Bundes sein zwischen mir und der Erde. – Gott in seiner Majestät also hat mit Vögeln und andern Tieren einen Bund geschlossen, wie man mit Ebenbürtigen zu tun pflegt, und wir, vor Gott nichts als Tiere, denen er mit seinem Atem ein wenig Licht in die Seele geblasen hat, besinnen uns, ob wir einem guten Papageien zwischen andern armen Sündern seine Ruhe lassen wollen!"

Nach einer Pause, während deren kein Wort, nicht einmal ein Räuspern laut wurde, fügte der Propst, indem er die Stimme etwas fallen ließ, gelassener hinzu, gleichsam als einen überflüssigen Beweis ohnehin offenbarer Wahrheit: „Gott hat den Lieblingen seiner Schöpfung, den Vögeln, das überirdische Luftreich zur Wohnung angepriesen; sollten wir schmutzige Kriechtiere ihnen eine Handvoll schwarzer Erde mißgönnen?"

Alle waren sehr beschämt und blickten vor sich nieder, ausgenommen der kaiserliche Vogt, der trotzend die Augen rollte und den Mund spitzte, als ob er pfeifen wollte, was er denn freilich doch nicht in Ausübung setzte. Der Propst hob die Sitzung auf, indem er sagte: „Es ist dies meine erwogene Meinung, daß Lütte Grave wegen eigenmächtiger Beerdigung des Papageien nicht zu bestrafen sei, vielmehr sogleich der Freiheit zurückgegeben werden sollte."

Mit diesem unschädlichen Ausgang wäre aber dem Vogte nicht gedient gewesen, der liebte, daß auch etwas Ordentliches dabei herauskam, wenn einmal zu Gericht gesessen wurde, und ebenso schürte der Totengräber, daß man das angezündete Feuer beileibe nicht ausgehen lasse. Denn dieser, der von der ganzen Verhandlung nichts verstanden hatte, war bei sich überzeugt, wenn ich freigesprochen würde, ginge es ihm an den Hals, einer müsse das Opfer sein, und natürlicherweise wünschte er sehnlich, daß ich es wäre. Also fingen diese wieder an, von dem Fräulein zu reden und nachzuforschen, wer diese gewesen sein könne, und da geschah es denn, daß Wunneke ihrem Vater alles gestand. Nicht weil die Liebe zu mir sie überängstlich und besinnungslos gemacht hätte, sondern weil sie hoffte, ihr Vater, der Bürgermeister, könne die ganze Sache niederschlagen, damit nichts an den Tag käme, und es sei, wie wenn nichts geschehen wäre. Sie hatte sich aber in ihrem Vater verrechnet; dieser war zwar gutmütig und unentschlossen im Handeln, so daß er sich tagelang besann, bevor er einen vorlauten Schwätzer ein Stündchen am Pranger stehen ließ, wenn aber einmal eine Leidenschaft in ihm aufgeregt wurde, die seine schwere Maschine in Tätigkeit setzte, war er wie eine losgeschossene Bombe, Feuer und Verderben im Bauche, die sich nicht halten läßt, bis sie ihr Ziel erreicht und alles zusammengeäschert hat.

Ohne zu denken, was für Folgen daraus für seine Tochter erwachsen könnten, bezeichnete er mich als ihren Verführer, ließ mich in den Kerker werfen und verlangte mit derselben Erbitterung mein Blut fließen zu sehen wie damals der Vogt das des armen Papageien. Damit hatte er aber einen

Gegner in die Schranken gerufen, der mächtiger als alle war, nämlich meinen Vater.

Ich sollte ohne Sorge sein, sagte er mir, es würde mir kein Haar gekrümmt werden, denn die Herren wüßten, sagte er, daß er auf meinem Grabe so lange Menschen schlachten und Blut vergießen würde, bis ich selbst mein Haupt aus der Erde hübe und sagte: Ich bin gesättigt. Dergleichen wilde Prahlereien kamen mir halb komisch, halb grausig vor, aber ich glaubte in Wahrheit, mein Vater würde schon Mittel und Wege finden, mich zu erretten, so daß ich in aller Gemächlichkeit dahinlebte, bis ich eines Abends erfuhr, was mein Vater im Schilde führte und wie er, um mich zu retten, mich als erstes Opfer mit den Füßen zertrat.

Es war der Abend, als sich die Tür auftat und Wunneke zu mir eintrat, nicht mehr ein blühender Veilchenstrauß, den Kinder und Frauen im Triumphe geleiten, sondern wie ein losgerissenes Blatt, vom Nordwinde hereingeblasen, wie ein Seufzer über die Erde huschend, todmüde und ruhelos kam sie herein, setzte sich neben mich und weinte. In einem Augenblick fühlte ich die höchste Seligkeit, da ich sie sah, und Todesschmerz, als ich inne wurde, was mit ihr vorgegangen war und was sie wollte. Noch ehe sie ein Wort gesprochen hatte, wußte ich, daß sie mich nicht mehr liebte und daß sie gekommen war, es mir zu sagen und mich um Verzeihung zu bitten. Wenn es nur das gewesen wäre! Aber nachdem ich ihr freundlich gesagt hatte, daß ich ihr nicht zürnte, sah sie mich immer noch mit beschwörenden Augen an, als sei das von allem das Geringste gewesen, als sollte ich noch mehr erraten. Nichts warnte mich, nichts brachte mich darauf; erst als sie es mir gestanden hatte, stand es hell vor meinen Augen, als ob ich es immer gewußt hätte, daß sie ihn, meinen Vater, liebte.

Sowie er erfahren hatte, daß mein Leben in Gefahr war, hatte er es ermöglicht, sie zu sehen und zu sprechen, hatte sie gemahnt an das, was er ihr angedroht hatte, und ihr mit entsetzlichen, mitleidlosen Anklagen die Seele zermalmt. Seine Forderung war, daß sie mich unter dem Schafott, wie es das Recht gestattete, für sich zum Manne begehrte und mit mir außer Landes ginge; für Geld, um uns draußen weiterzuhelfen, wollte er schon sorgen. Sich ihm zu widersetzen, fehlte ihr der Mut, weniger aus Furcht oder weil sie sich im Unrecht wußte, sondern aus sklavischer Liebe, die ihr das Mark aus den Knochen gezogen hatte. In ihrer Not kam sie zu mir und klagte, daß sie zwar alles tun und auch mit mir entfliehen wollte, meine Frau aber nicht werden könnte mit der fürchterlichen Flamme für meinen Vater im Busen. Nachdem das Geständnis einmal von ihren Lippen gekommen war, wurde es ihr sichtlich leichter ums Herz, sie drängte sich zutraulich an mich und erzählte mir, wie alles gekommen war, und von ihrem Zustande und Leiden, als ob ich ihr Bruder wäre. Seine Blicke voll wütender Verachtung, seine strafenden Worte hatte sie zu seinen Füßen aufgesammelt, die Stacheln in die Brust gedrückt, Dornenkränze daraus geflochten und sich aufs Haupt gesetzt. Ich kann nicht sagen, wie groß mein Haß und meine Liebe war. Aber erst nachdem sie mich verlassen hatte, kam es aus meinem Gemüt herausgequollen und überschwemmte meine Seele. Ich preßte mich mit ganzem Leibe an die kalte Mauer und gab mich ohne Widerstand meinem Jammer hin; unter tausend Einfällen und Gedanken kam es mir wieder zu Sinne, wie sie meinem Vater das erstemal gegenübergestanden hatte und wie, während sie blaß, erschrocken und ohne Worte auf ihn schaute, sein Blick plötzlich wie mit kostenden Zungen an ihr heruntergeglitten war. Es schien mir zweifellos, daß er darum wissen mußte. Warum hatte ich sie von mir gehen lassen? Wußte ich nicht, daß er sie zu mir begleitet und draußen im Hofe des Kerkers auf sie gewartet hatte? Denn wie wäre sie sonst zu mir gekommen?

Auf einmal sah ich sie deutlich mit meinem inneren Auge nebeneinander die lange Straße über die Heide gehen. Der Wind fuhr hinter ihnen her und lüftete den schwarzen Mantel meines Vaters, daß er wie eine Wolke über ihren Häuptern flatterte. Sie gingen den graden unabsehbaren Weg, von dem ich als Kind geglaubt hatte, er habe kein Ende und führe ins Jenseits; und als sie an der Schmiede vorüberkamen, warf das Feuer einen roten Schein auf ihre Gesichter, und ich konnte erkennen, wie sie sich mit starren verlangenden Augen ansahen. Das alles war viel näher und springender vor mir, als wenn ich es in Wirklichkeit gesehen hätte, die beiden heißbeleuchteten Gesichter waren so dicht, daß ich das blanke Weiß in ihren Augen sah, und wollten sich nicht verscheuchen lassen, bis meine Tränen hinüberflossen und sie auslöschten.

Da waren Eifersucht, Haß und Wut ganz vorbei, und ich fühlte nichts weiter als eine grenzenlose Verlassenheit in meinem Herzen. Es schien mir, als wäre ich mein Leben lang in diesem Kerker gewesen und hätte nie einen andern Freund gehabt als die geduldige Spinne, die in einer Ecke des Kerkers ihr Netz hatte. Als hätte niemand je mich freundlich angesehen, niemand mein feines Angesicht und meinen schlanken Körper gelobt, und doch würden meinem Herzen bei der leisesten Liebkosung glitzernde Tränen des Glückes entströmen. Es hätte klingen können, lauter wie eine Glocke, läuten, daß die blauen Luftwellen aufgerauscht und am roten Ufer der Sonne gebrandet wären – aber nun war es vermauert, und niemand würde es je hören, begraben war es schon, eh noch das Todesurteil an mir vollstreckt war.

Ich konnte somit wohl gelassen sein, als mir das Urteil verkündet wurde, und war es wirklich im Innern so sehr, daß mir nur eine schwache Erinnerung davon geblieben ist. Aber bald darauf kam mein Vater, dessen ich in diesen Tagen so oft mit Bitterkeit, Fluch und Raserei gedacht hatte; kaum daß ich seinen Schritt und seine Stimme vernahm, die mich anrief, vergaß ich alles und warf mich an seine Brust, wie ich als Kind getan hatte. Wie aus einem leichten Schlummer heraus, hörte ich, was er erzählte: wie sie einen Scharfrichter aus dem Nachbarland hätten kommen lassen, unter dem Vorwande, daß ein Henker nicht könne gezwungen werden, seinem eignen Kinde den Kopf vom Rumpf zu schlagen, daß er aber Einspruch getan hätte, weil der Ordnung nach in unsrer Stadt Gebiet kein Richtschwert von Rechts wegen schalten dürfe als das seine, ferner wie sie ihn fürchteten und wie ich ohne Sorge sein sollte, da er alles aufs beste eingerichtet hätte und es nicht fehlschlagen könne. Solange er bei mir war, glaubte ich alles Gute, aber sowie er fortging, schwand mir die Hoffnung wie ein Licht, das einer im Lämpchen einen langen dunkeln Gang hinunterträgt; schwächer und bleicher wird der Schimmer, bis er endlich in der Dunkelheit verrinnt.

Ich wußte sicher, daß ich sterben müsse, und glaubte es vollends, als ich das Folgende gesehen hatte: Am Abend nämlich vor dem Tage meiner Hinrichtung geschah es mir noch einmal, daß ich mich von mir selber loslöste und über die Heide ging, während mein Körper bewußtlos auf den Strohbündeln des Kerkers lag. Ich ging schnell und trotzdem langsamer als der graue Schatten einer Wolke, der vor mir her lief. Sie flog, als wenn ein Sturm sie vor sich her bliese, obwohl es ganz windstill war; nur weiter weg, wo das Meer war, pfiff ein dunkles Sausen. Ich fühlte mein kleines furchtsames Kinderherz in der Brust, das vor vielen Jahren so angstvoll geschlagen hatte, wenn ich abends allein die lange Straße gehen mußte, und freute mich so wie damals, als ich ein Licht vom Hofe meines Vaters in der Ferne erblickte. Indessen war es, als ich näher kam, das Feuer der Schmiede, das ungewöhnlich hoch brannte, und wie ich neugierig hinzutrat, sah ich meinen Vater davorstehen und sein großes Schwert schärfen, während der Schmied mit der Zange die Glut schürte. Ich wußte wohl, daß mein Vater das Schwert für mich gebrauchen wollte, aber das kümmerte mich nicht; ich starrte ihn nur bewundernd an, wie schrecklich schön er aus diesem Höllenscheine ragte. Erst als mein Blick auf seine Hand fiel, die mit dem Hammer mitten durch die Flamme fuhr und aussah wie von Blut überströmt, kam es mir in den Sinn, daß er mit derselben meine Mutter erwürgt hatte und nun mich, ihr armes Kind, töten wollte, und Haß und Rache stiegen in mir auf, so heftig und plötzlich, daß ich fast die Besinnung darüber verlor. Zugleich wußte ich aber auch, daß, so nah ich auch bei ihm stand, mein Vater mich nicht sehen konnte, ebensowenig wie ich ihn hätte anreden oder berühren können, und in diesem Gefühl von Ohnmacht brach ich in Tränen aus, die mir wie das erstemal das Bild auswischten.

35

Am andern Morgen erwachte ich mit einem ungeduldigen Freudengefühl, weil ich nun Erde und Sonne wiedersehen sollte; was danach kommen würde, lag außerhalb meines Bewußtseins, und sowie mein Geist diese traurige Schattenregion betrat, schauderte er zurück, um sich wieder im Lichte zu baden. Was für ein Tag war es aber auch! Die Sonne war wie ein riesiger Springbrunnen am Himmel, der die Erde mit goldenem Schaumwein überflutete, so daß nicht nur die Menschen, sondern alles bis auf die Steine herab davon trunken war. Das Himmelsgewölbe glich einem blauen gläsernen Pokal, angefüllt mit dem funkelnden Safte der süßesten Sonnentrauben, damit die körperlosen Geister drüben sich den Rausch ewiger Seligkeit daraus tränken. Es war mir klar, daß die Menschenmenge, die die Heide erfüllte, nur deshalb hier zusammengelaufen war, um an diesem Festwein, den der Herrscher umsonst fließen ließ, sich satt zu trinken. An meiner Seite war der Propst, und am Wege stand der Totengräber, kläglich weinend und mit dem dicken Kopfe nach mir nickend, den ich wohl freundlich grüßte, aber ohne das mindeste dabei zu empfinden; denn meine Gedanken waren beschäftigt, auszumalen, daß ich, wenn ich da oben auf dem Gerüst stünde, das Meer überblicken würde. Ich hörte es schon rauschen und dachte, es erwartete mich, und wenn wir uns erblickten, würde es ein Wiedersehen geben, daß die Erde davon erzitterte. Wie ich nun die Stufen hinangesprungen war, sah ich es liegen; schwarz, denn während der Wind zu Lande nur mäßig ging, wühlte er mitten ins Meer hinein; aber durchsichtig schwarz wie Menschenaugen, und zuweilen loderte eine grüne Flamme in den blanken Wasserleibchen hinauf. Die Kähne, die am Ufer lagen, flogen auf und nieder, und man hörte das Klirren der Ketten, mit denen sie angebunden waren, durch das Brüllen der Brandung.

Am höchsten gingen die Wellen da, wo der klotzige Leuchtturm aus dem Schwall starrte; sie sprangen an ihm in die Höhe und warfen sich klatschend gegen seine Mauer, daß sie zerbarsten und in schaumigen Fetzen mit den aufgeregten Möwen um seine Zinne flogen. Als sie meiner ansichtig wurden, faßten sie sich bei den kalten Händen und tanzten einen wilden Ringelreihen um den Leuchtturm herum, wobei sie mit gellenden Trompetenstimmen schrien: Tanz mit mir, Lütte Grave, tanz mit mir! und dazwischen pfiffen sie in gewissen springenden Rhythmen, wie kleine Jungen einander Zeichen zu geben pflegen.

Während ich nichts andres fühlte und dachte, als wie ich zu diesen Kameraden gelangen könnte, war um mich herum allerlei vorgegangen, was mich betraf und was ich, als der Propst selber mich anfaßte und meine Aufmerksamkeit darauf lenkte, nach allem, was mir bekannt war, wohl erraten konnte. Ich sah auf einmal meinen Vater in schwarzer Amtstracht, sein Schwert unter dem Arme, und Wunneke nicht weit von ihm, die Augen starr auf ihn geheftet, und eine große Bewegung unter der Volksmenge, weil die Tochter des Bürgermeisters mich vom Schwerte losgebeten hatte zu ihrem Manne. Sie stand da, ohne sich zu rühren, festgeklammert in dem eisernen, unentrinnbaren Blick meines Vaters, der über sie herrschte, matt und glanzlos wie ein abgerissener, sterbender Schmetterling. Ich begriff, daß es nun auf mich ankam, ein Zeichen zu geben, ob ich wollte, und schüttelte heftig den Kopf zur Verneinung; das tat ich weniger, weil sie mich damals im Kerker angefleht hatte, daß ich sie nicht zur Frau nehmen sollte, denn merkwürdigerweise war ich jetzt eigentlich innig überzeugt davon, daß sie mich lieb hatte und lieber auch als meinen Vater – als weil mir das alles so unendlich weit weg zu liegen schien, und so unwichtig und beinahe lächerlich kam es mir vor, daß so ungeheuer viele Menschen um so geringfügiger Sache wegen in Bewegung und Erregung waren. Ich hatte ein ganz leises süßes Gefühl zärtlichen Mitleids für Wunneke, aber nur so, wie man für ein Kind hat, das wegen eines Schmerzes weint, der in kurzen Minuten vorüber sein wird, und als der Probst mir dringlich zuflüsterte: Sag ja, Lütte Grave! rief ich laut und ärgerlich: Nein, nein, nein, ich will nicht! und fürchtete fast, sie würden mich mit Gewalt vom Schafott reißen und in ihr Gewühl hineinzerren, da ich den Bürgermeister heftige Zeichen und Winke geben sah. Diese bezweckten aber ganz etwas andres; denn nun stieg ein schwarz umhüllter Mann zu mir hinauf, der, von mir unbemerkt, dicht unter dem Gerüst bereitgestanden hatte und von dem ich sofort wußte, daß es der fremde Scharfrichter war, der gekommen war, um mir den Garaus zu machen. In diesem Augenblick änderte sich plötzlich alles in mir; es war, als ob sich alles Blut in meinem Körper in einer Springflut über mein Herz ergösse, eine solche Todesfurcht packte mich, so jäh anprallend, daß ich auf die Knie fiel und abwehrend meine Arme ausstreckte und auch, wie ich glaube, laut aufschrie. Ja, in diesem Augenblicke stand es mir fest, eher sollte die Welt untergehen, als daß ich den Tod erlitte. Aber gleich darauf, als mein Vater kam, war alles vorüber. Ich hörte ihn meinen Namen rufen und blickte nach ihm hin, der etwas weiter weg von mir gestanden hatte. Die Obrigkeit hatte in seiner Nähe eine Reihe bewaffneter Männer aufgestellt, für den Fall, daß er etwas Gewalttätiges unternehmen sollte; diese alle drängte er nun ohne Mühe beiseite, um sich den Weg zu mir zu bahnen. Da sah ich etwas Entsetzliches: ich sah, wie er den kaiserlichen Vogt, die Ratsherren allesamt, beide Bürgermeister und Wunneke im Vorbeigehen mit der Spitze seines Schwertes streifte, und erinnerte mich an das Gerede des Volkes, daß er damit, wen er wolle, auf das Blutgerüst bringen könne. Ich sah im Geiste über die graue Heide Blut rinnen, Blut, Blut und Blut, sah, wie sie es einschluckte, bis sie fett und feucht war wie dunkles Moos, und wie es zusammensickerte und in das Meer rann, daß es von grün rot wurde und purpurn und schwarz – aber das war alles nur ein Bild, das wie ein Blitz kam und ging. Denn nicht eine

Minute, nachdem mein Vater mich gerufen hatte, war er schon oben bei mir, packte den fremden Scharfrichter bei der Brust, warf ihn über das Gerüst hinunter und beugte sich über mich. Mir war zumute wie als Kind, wenn ich mich in einsamer Dunkelheit gefürchtet hatte und meinen Vater kommen sah: ein seliges Gefühl von Geborgensein wickelte mich ganz ein wie ein dunkelpurpurner Samtmantel. Dem kleinen Knaben Tells, als er sich von seinem Vater den Apfel vom Kopfe schießen ließ, kann nicht leichter und zutraulicher ums Herz gewesen sein als mir. Das letzte, dessen ich mich entsinne, war, daß ich auf das Pfeifen des Meeres horchte, wie es rief: Tanz mit mir, Lütte Grave! aber dumpfer als vorher, weil ich den Kopf auf den Block gelegt und der weite Mantel meines Vaters sich wie ein Vorhang über mir herabgelassen hatte.

———————

Lightning Source UK Ltd.
Milton Keynes UK
UKHW011949230720
367075UK00007B/344